Volker Jarck

UND SPÄTER FÜR IMMER

Roman

Insel

Klimaneutral
Druckprodukt
ClimatePartner.com/14438-2110-1001

Erste Auflage 2024
Originalausgabe

Umschlaggestaltung: Anzinger und Rasp, München
Umschlagfoto: Collaboration JS/Arcangel, Malaga
Druck: GGP Media GmbH, Pößneck
Printed in Germany
ISBN 978-3-458-64449-1

www.insel-verlag.de

Damals, nach dem Ende all der Schrecken, hätte manch einer davon erzählen können, welch verdammtes Glück er gehabt hatte – in einer Zeit, als man Glück so buchstabierte: überleben.

EINS

DAS BUCH IST nicht mehr da.
Er hat überall gesucht, doch das Tagebuch ist weg, er muss es verloren haben. Wenn er Glück hat, ist es ihm beim Sprung über den Weidegraben aus der Hosentasche gerutscht; wenn er Glück hat, sickert es in das brackige Wasser der Marsch, so rasch, so tief, dass die Seiten sich auflösen und die Buchstaben unleserlich werden, ehe dieser Winter endet und dieser Krieg. Dass niemand es findet. Dass ihn niemand hier findet.

Johann hat den ganzen Heuboden abgesucht, die ganze Zuflucht, zwölf Schritte im Quadrat. Nichts. Nur Papier, nur Worte, doch verhängnisvoll, zumindest die letzten von gestern, ein schnell geschriebenes Stoßgebet.

Schreien möchte er, aufstampfen, die Wut herauslassen, wie ein Soldat das tut, wenn kein Vorgesetzter in der Nähe ist. Doch nun gilt es, sich fürs Erste unsichtbar zu machen und keinen Laut – so still zu sein wie alles unter diesem hohen Dach, so still wie Stein und Bohlen, bis halbwegs gewiss scheint, dass er hier sicher ist. Nicht lauter atmen, als eine Strebe knarzt.

In den Dielenritzen Grashalme vom letzten Sommer, Mäusekot von gestern, daneben sein grauer Rucksack, in den er die Flasche und die alten Tagebücher gestopft hat, Brotkanten, eine Handvoll Radieschen, den dänischen Bernstein – und Emmys Briefe, zum Bündel geschnürt, es sind einhundertvier. Das neueste Tagebuch, eigentlich ein Taschenkalender mit einem winzigen Feld für jeden Tag, war vorn rechts in seiner Feldhose, und nun ist es fort. Fünfundsechzig Einträge, unwiderruflich fort. Es sei denn, seine Tante findet das kleine Buch noch irgendwo draußen, denn vielleicht ist es ihm erst hier auf dem

Hof heruntergefallen, gestern Abend, als er ankam in seinem Unterschlupf, und liegt im Dreck des Märzregens.

Es ist nur Papier, es ist nicht nur Papier.

Ein paar Stunden hat er schlafen können, erschöpft wie lange nicht und ohne Traum, dann ins Dunkel gestiert, bis mit dem ersten Morgenlicht zwischen verzogenen Brettern die Deckenbalken über ihm Kontur annahmen.

Johann würde gern alles sortieren, was zwischen Herz und Kopf umhersaust, und die bangen Stunden mit dem Bleistiftstummel herumbringen. Er greift in den Rucksack: 43 ist noch da, 44 auch, dicht beschriebene Doppelseiten, da ist kein Platz mehr.

Elf mal sieben Zentimeter in blauem Einband, nicht größer als eine Packung Zigaretten, nichts für Menschen mit ausladender Schrift, doch man kann es überallhin mitnehmen: Essensausgabe, Toilette, Nachtwache, Feindflug. Seit zwei Jahren ist das winzige Buch nicht von Johanns Seite gewichen. Seitdem er dieses Mädchen getroffen hatte, so hat er es Richard erklärt bei ihrem ersten gemeinsamen Flug, seitdem gab es etwas, worüber sich zu schreiben lohnte. Etwas anderes als die Frontmeldungen und Durchhalteparolen, als den Alltag aus Übung, Belehrung, Verlegung, Untersuchung, etwas Besseres als Flak, Flak, Flakabwehr, und wieder im Hangar mit schlotterndem Kreislauf, neuer Tag und nächste Seite, der Krieg ist noch derselbe, nein – Fräulein Emmy Blohm, das war etwas anderes, diese Emmy, die war das Beste seit Langem und überhaupt.

Der Krieg mochte noch derselbe sein, Feldwebel Johann Meinert war ein verliebter Mann.

»Seit Emmy«, hatte er zu Richard gesagt, während ihre Maschine betankt wurde, »seit Emmy ist alles merkwürdig anders.« Denkwürdig anders. Seit Emmy notiert Johann auf der weißen Seite des Tages:

An Emmy geschrieben.

Jeder Brief an sie ist festgehalten und jeder von ihr – erwartet, bekommen, gelesen und noch einmal gelesen und beantwortet. Abwechselnd feierte und verfluchte Johann die Feldpost. Kam kein Brief für ihn, so schrieb er im Kopf schon die Antwort, und wenn er neue Zeilen lesen durfte, brachte ihn keiner von seiner Pritsche, wo er den Stift an die Wange drückte, bis er dort einen Abdruck hatte und endlich die richtigen Worte auf dem Papier.

Auf das Tagebuch hätte er besser achtgeben müssen. Es hat keinen Sinn, weiterzusuchen, er sucht weiter. Schüttelt die Decke aus, schiebt die Heuballen beiseite, tastet alle Taschen ab, als hätte er das nicht schon dreimal getan.

Emmys Briefe waren wie Kalenderblätter von daheim; haben ihn durch den norddeutschen Wespenstichsommer geführt, als sein Zug kurz vor Straßburg zum Stehen kam. Sie schrieb von den Kastanien, mit denen Nachbarskinder den Hühnerstall unter Beschuss nahmen, da war er in Dänemark beim Zahnarzt; sie marschierte durch den Januarmatsch zum Postamt Hohenzollernstraße, während er in Paris nach einem Geschenk für sie suchte; bei Blohms in Süderwisch, unendliche Hektar hinter jeder Front, wurde geschlachtet, geerntet und die Zeitung mit Hottendorfs geteilt; die Pferde trampelten durch Staub oder Pfützen, Emmys Onkel wartete auf die Versehrtenrente und Johanns dreikäsehoher Cousin hatte Flecken auf der HJ-Uniform.

Von ihrer Hochzeit schrieben sie und von seinem Urlaub, dem letzten, dem nächsten. Emmy versprach, Johann vom Bahnhof abzuholen, notfalls auch in Cuxhaven, ihr Fahrrad sei repariert und werde sie nicht im Stich lassen, so schrieb sie, da peilte er gerade im Luftraum über Eindhoven das nächste Ziel an und dachte nur: nachher an Emmy schreiben.

Einmal glaubte Johann – bäuchlings auf der Wolldecke und die Stiefel über der Bettkante, das Schiffchen unterm Kinn, das

Kuvert schon aufgerissen –, er müsste ein Blatt oder mehrere übersehen haben: Emmy schrieb doch nicht nur zwei Seiten, wo war denn der Rest. Doch da war kein Rest. Dieser Brief, es war der achtundsiebzigste, war wohl der kürzeste, der schönste und merkwürdigste zugleich. Und der einzige, den sie nicht daheim in Süderwisch geschrieben hatte, nicht an Grete Blohms Küchentisch oder draußen im Hof, an ihrem ›Apfelkisten-Sekretär‹, wo manche unachtsame Wespe in Vaters Tintenfass ersoff.

Das ist der Brief, den er auswendig kennt.

Ich bin hier, Emmy, weiß Gott, ich bin tatsächlich hier.

Der Hunger macht sich allmählich bemerkbar, dabei hat Tante Alma ihm am Abend noch ein ordentliches Stück Käse in die Hand gedrückt, das muss er wohl vorm Einschlafen vertilgt haben. Er weiß gar nicht, wie lang das her ist, weil ihn ja nichts und keiner ins Bett geschickt oder geweckt hat.

Gestern Abend, das ist gerade so gut wie ›damals‹. Fünf Jahre lang ist Johanns Zeit im Takt von Dienst und Schlaf vergangen, nie hätte er gedacht, dass so ein Krieg das schlimmste Warten ist. Dass man das aushalten muss. Wie er das aushalten kann.

Eben noch zählte er, nass gekämmt und wacker munter, vor acht Uhr früh schon die neuen Rentenmark-Scheine – der schnellste angeleckte Finger in der Geschichte der Bankfiliale, sagte sein Chef –, bündelte mustergültig im besten weißen Hemd die Stapel, bevor die ersten Kunden kamen; und wenig später: mit seinen Brüdern beim Abschiedsschnaps, Anfang 1940, mit zehn anderen Rekruten am Bahnsteig, hundert anderen beim Appell, mit zwei Geschwadern an der Westfront. Zwanzig Jahre auf der Welt, und die Zeitrechnung begann von vorn. Jede Uhrzeit war nun eine unter vielen, zu der man salutierte oder aß, sich wusch oder in Deckung brachte. Oder wartete. Befehle erwarten, Befehle befolgen, das Funkgerät prüfen, die Stiefel wienern und warten und warten. An Emmy schreiben und warten. Dass diese neue Zeit vorbeigeht.

Jetzt hockt er hier in Engelschoff und hofft zum ersten Mal auf nichts und alles zugleich. Seine Vorgesetzten wissen nicht, wo er steckt, bringen sich derweil in Deckung, essen, würfeln, schießen oder waschen sich, sie machen Witze oder Einsatzpläne. Wie alle Tage dienen seine Kameraden und schreiben, rauchen, salutieren, bis ihnen einer sagt, dass sie das nicht mehr tun sollen, dass nun etwas anderes ansteht: Warten auf Verstärkung, Alarm, Geschütze, den nächsten Filmabend, auf Munition, Alarm, Ersatzteile, Verpflegung, Heinz Rühmann und den Messias, auf stabiles Wetter, auf neuen Treibstoff, den Alarm und bessere Nachrichten aus Berlin. Wie die Kameraden hat er gewartet auf den Tag, an dem das Warten wieder mit mehr Zuversicht erfüllt sein würde.

Johanns Zeit ist nicht mehr ihre Zeit. Seine ist nun mit dem Messer in den Balken geritzt: ein Strich für den ersten Abend und noch einer für diesen Tag, sein zweiter auf der Flucht vor der Fahne.

»Keiner findet dich da oben«, hat Tante Alma gesagt. »Keiner. Falls sie dich suchen.«

Natürlich suchen sie mich, denkt er. Sie suchen uns alle.

Er setzt sich auf sein Schlaflager, den Heuballen im Rücken, und lauscht in den anbrechenden Tag. Nichts. Kein herannahender Wagen, keine Autotüren, keine schneidend laute Stimme, die Onkel Wilhelm ins Gebet nimmt. Keine halbe Stunde bräuchte das Feldjäger-Kommando aus Stade bis hierher.

Die finden jeden.

Wieder einmal muss Johann die Beine ausstrecken, das linke Knie ist geschwollen, es gibt ja ohnehin seit der Trappenjagd selten Ruhe. Als hätten die Flakscheinwerfer sich in den Meniskus gefräst. Unter schwerem Beschuss, zurück mit Triebwerksdefekt, so hatte er notiert und sich an den Stift geklammert für den Zusatz: Knieschmerzen durch heftigen Schlag bei Ausweichmanöver. Wir mit Glück und auf Treibstoffreserve, dagegen Oberleutnant Winkler mit Besatzung nicht vom Einsatz zurückgekehrt. Ritterkreuze auf dem schwarzen Meeresgrund. Abends kleine Revue. An die Eltern geschrieben.

Im Stall nebenan blökt das Vieh und will gemolken werden. Er könnte helfen, er ist wach, doch er wird sein Versteck nur im Stockdunkeln verlassen, nur bei Einbruch der Nacht, mit seinem Eimer zur Jauche und geduckt wieder rein. Zum Glück ist noch längst nicht wieder Vollmond.

Wie Mühlräder kreisen Johanns Gedanken um das bisschen Gewissheit: Sie durchsuchen das ganze Reich nach solchen wie mir, und wenn es das Letzte ist, was sie tun; und wenn die Engländer uns schon im Tiefflug ins Hafenbecken pinkeln, weil unsere Flak nichts und niemanden mehr abwehren kann, so ist gewiss noch jemand von den Greifern unterwegs. Weil einer gehört hat, wie einer gesagt hat, dass einer gesehen haben will: Da, auf dem Hof, ja, da beim Stall müsst ihr schauen, hinter der Koppel, da war einer, den hab ich hier noch nie gesehen, jung war der, müsste der nicht an der Front sein, hab ich noch gedacht –

An der Front oder dahinter: Wer sich retten will, darf keinen Fehler machen. Dem darf keine verräterische Notiz aus den Taschen seiner Fliegermontur rutschen.

Am Hemdärmel wischt Johann zwei Radieschen aus seinem Vorrat ab und beißt hinein, leise. Er will der leiseste Funker der deutschen Luftwaffe sein. In den dröhnenden Himmel hinauf wollte er nicht mehr, kein Ziel mehr für den Hauptmann anpeilen, will keine Bomben gegen Abwehrfeuer tauschen, um ein für alle Mal rauszufinden, wer der Stärkere ist. Nicht mehr. Lautlos will er sein und unsichtbar dazu.

Erdig sind die Radieschen, und wer funkt jetzt wohl in seiner JU, in ihrer JU, die keine Besatzung mehr hat?

Alle, alle haben sie es mit einer Angst zu tun bekommen, die sich nicht mehr abschütteln ließ, und letzte Woche dann hat Hauptmann Bühler schließlich diesen Satz gesagt, beim Skatspielen am Abend zwischen Alarm und Alarm. *Wir sind doch schon fast –*

Still! Wieder horcht Johann und versucht, vollkommen geräuschlos zu bleiben, nicht am Ballen zu rascheln, mit dem Stiefelabsatz zu scharren, wenn er das Bein umlagert.

War wohl nur die Katze. Das Biest.

Tante Alma müsste schon aufgestanden sein, denkt er noch, ehe er die Augen wieder schließt, während es draußen gar nicht heller wird.

Jetzt gehen sie gleich zum Melken, jetzt ist der Krieg bald aus, jetzt bin ich doch noch schrecklich müde.

Jetzt dürfte längst aktenkundig sein beim Fliegerhorst in Stade: JOHANN MEINERT, FELDWEBEL DER DEUTSCHEN LUFTWAFFE, UNERLAUBT ABWESEND.

DIE KIPPE IM MUND, nahm Hauptmann Bühler den abgegriffenen Stapel, schaute zu Boden und sagte: »Wir sind doch schon fast zu Hause, Jungs.«

In einem Tonfall, als habe er lediglich festgestellt, dass Krause mit Ausspielen dran sei oder Meinert nach dem Grand Hand haushoch in Führung liege. *Fast zu Hause.*

Er mischte die Karten und zog an seiner Kippe, Johann sieht das Glühen noch vor sich wie eine Nahaufnahme im Kino. Sie saßen bei den Garagen hinter der Flugleitung auf leeren Munitionskisten und spielten um nichts.

Erst zwei Tage zuvor hatte Bühler es abgelehnt, sich für das Sonderkommando zu melden, seitdem war er wortkarg, mal wie abwesend, mal hochkonzentriert, Johann glaubte sogar, er hätte ihn leicht zittern sehen während der Bereitschaft gestern Nachmittag.

Auf der Startbahn hatte Bühler doch immer geschmettert: *Zack, nach oben und …*, dann fiel seine Besatzung ein: *… zack, nach Hause!* Und dreimal in die Hände klatschen gegen Zweifel, Schiss und Übermacht. Nach Hause, das hieß nie etwas anderes als irgendwie zurück zum Flugplatz, nur wieder mit beiden Flügeln heil zu Boden.

Seine Kopfhaut prickelte, als Johann allmählich begriff, was ihr Flugzeugführer jetzt meinte, das Kartendeck zwischen durchgestreckten Fingern, ohne einen von ihnen anzuschauen. Es war, als hätte da einer einen Gedanken in den großen Kessel fallen lassen, um ihn langsam zu erhitzen, bis der Dampf alle umfing: Sind wir nicht schon fast zu Hause?

Richard räusperte sich.

»Du meinst *Zack*, Herr Hauptmann. *Zack, fast zu Hause.* Ja? Du meinst, es braucht nur noch ein paar Angriffe, bis Harris klein beigibt und …«

Er wusste kein *und*, mehr sagte er nicht.

Sie hatten eine Ahnung, wie Dresden aussehen musste, coventrisiert. Wer bei Verstand war, wusste sich umzingelt von Alliierten, die alles andere als klein beigaben. Ein verzweifeltes letztes Aufgebot würde sich auf sie stürzen müssen.

Bühler runzelte seine Stirn, sah sich um, niemand in Hörweite.

»Was ich sagen will, Richard, ist, dass wir ausgerechnet nach Stade abkommandiert wurden. Ausgerechnet wir ausgerechnet hier, kapierst du? Dass jeder von euch verdammt nah an seinem Zuhause ist. Von allen Flitzpiepen der Luftwaffe haben sie uns hierher verlegt, jetzt, wo alles in die Binsen geht.« Er senkte seine Stimme. »Für euch und mich sind's keine hundert Kilometer bis zu Mama und Papa und wer immer da noch lebt. Was ich meine, Männer, ist nicht mehr Zack, nach oben, sondern: Seedorf«, dabei zeigte er auf sich, teilte dann präzise die Spielkarten aus und nannte bei jeder die Heimatorte der drei anderen: … »und Rotenburg«, das war Richard, nächste Karte, »und Quickborn«, von dort kam der dünne Carl, den sie Quicki nannten, wenn er hoch reizte und hoch verlor – »und Süderwisch.«

Emmy. Süderwisch, die paar Höfe und Häuser und Menschen und keine Schlacht nirgendwo.

»*Das* meine ich«, sagte der Hauptmann und schaute ihnen jetzt reihum in die Augen. »Vielleicht, Kameraden, vielleicht soll es ja so sein, dass vier Fischköppe kurz vorm Inferno viel mehr Glück haben als Verstand.«

»Als Munition«, sagte Richard, und Johann lachte auf.

»Inferno, Inferno …« Carl, der Jüngste von ihnen, rieb sich die Nase und sagte, als wäre nichts gewesen: »So! Achtzehn?«

Johann gab ihm einen Klaps auf den Hinterkopf, Carl funkelte ihn an, wrang die Karten und haspelte drauflos: »Aber Hauptmann … wir fliegen …«, zittrig sortierte er seine Asse, als sei das seine erste Skatpartie, »wir fliegen doch? Wir fliegen aber doch nach London! Männer?«

»Tun wir das?« Hauptmann Bühler hob die Brauen. »Tun wir das, Quicki?«

Nun wussten alle, nun wusste auch die Möwe dort hinten, die Richtung Elbe flog, und der Kreuzkönig und die Zigarettenasche auf der Holzplatte, was der Hauptmann ihnen da vorschlug.

Johann schob seine zehn Karten langsam zusammen, legte sie auf den Tisch und verschränkte die Arme. Er hatte verstanden, dass ihr Pilot kein zweites Mal wagen würde, einen Aufruf zum Rammkommando abzulehnen. Bühler konnte nicht bleiben. Also dann.

»Was ist, Johann?«, fragte Carl. »Achtzehn? Zwanzig? Keine Lust mehr?«

»Ja«, sagte er langsam und sah dabei nicht den schmalen Carl an, sondern seinen Vorgesetzten, »ja, wahrscheinlich hab ich keine Lust mehr. Ich hab die letzten fünf Jahre mitgespielt. Und nicht viel gewonnen außer ein paar lausigen Päckchen Nordland.«

Richard nickte. »Das Kraut kratzt vom Hals bis zur Kimme.«

Niemand lachte, noch immer stierte Johann in das Gesicht des Hauptmanns. »Das muss doch jeder verstehen, dass man … irgendwann nicht mehr will, wenn alles verloren –«

Carl sprang auf seine dürren Beine, Richard drückte ihn sofort wieder auf seinen Hocker.

»Dein Arsch bleibt hier, Stabsgefreiter.«

»Verdammt«, zischte Carl und schüttelte Richards Hand ab, »wenn irgendwer euch hört! Meutergeist ist das!« Er schlug die flache Hand gegen die Stirn. »Seid ihr denn blöd? Ich will euch nicht hören, ich hab das nicht gehört!«

Richard nahm eine seiner Zigaretten und steckte sie Carl zwischen die Lippen.

»Zu spät, junger Held.«

»Du … du machst dich immer lustig, wenn du Held sagst.«

Carls Lippen hatten zu beben begonnen, die Zigarette fiel runter. »Aber ist euch denn egal, was der Führer … was Göring … wir haben doch alle einen Eid geleistet, Männer. Einen Eid.«

Johann griff nach der Bierflasche.

»Wenn der einen Eid von mir hat, dann hätt ich den jetzt gern zurück.« Er beugte sich vor. »Der Hauptmann hat recht, Junge. Der Ofen ist so aus wie nur irgendwas.«

»Aber das OKL zählt doch auf uns, Johann?«

»Schütze Schenk.« Johann hob das Kinn. »Willst du als Held nach Hause? Oder willst du nach Hause?«

Carl holte Luft, doch Bühler war schneller.

»Und komm mir nicht mit Meyer! Ist der ein Held? Ist er das? Bläst sich auf in seinem Lametta-Kostüm und redet von Wunderwaffen.«

»Herr Hauptmann!«

»Was, Quicki, was? Soll der Herr Reichsmarschall doch selber da rauf! Ohne Fallschirm übern Atlantik, allein gegen London, das soll er. Kann meine letzte Ladung Sprit haben für seinen Heldentod, der eitle Fatzke.«

»Herr Hauptmann, mit Verlaub, Sie sind besoffen und sollten lieber das Maul halten!«

Sofort zuckte der junge Carl vor seinen eigenen Worten zurück, doch Bühler blinzelte nicht mal.

»Du kannst mich siezen, du kannst mich knebeln, ich bin so klar wie sonst was, mein Junge, und ich will noch einmal fluchen dürfen auf die Scheiße, in der wir stecken. Wir alle. Bis zur Brille. Alle!«

Richard lehnte sich weit zurück und spuckte bis zu dem Bombentrichter, den sie am Morgen nach dem letzten Angriff auf den Flugplatz zugeschüttet hatten.

»Erik hat recht«, sagte er. »Ich hab so was Wahres nicht gehört seit ewig. Was soll deine magere Leiche im Atlantik, Quicki, hm? Für welchen Ruhm, für welchen Fisch?«

Unwillig schüttelte Carl den Kopf. »Ihr könnt gut reden. Aber könnt ihr auch schnell rennen? Hm?«

»Wie machen wir das, Hauptmann?«, fragte Johann. »Was ist dein Plan?«

»Überleben. Meinetwegen mit euch, notfalls allein.«

»Das ist kein Plan.«

»Mensch, Meinert. Die Zeit der Pläne ist vorbei. Wir können nur noch irgendwie raus aus der Sache. Irgendwo verstecken und die Füße stillhalten, bis alle begriffen haben, dass es zu Ende ist. Zwei Wochen, vielleicht drei, dann schwenkt doch hier jeder den weißen Lappen, der noch einen Arm zum Winken hat. So lange muss man durchhalten. Und dann will ich irgendwann zu meiner Familie, mit allem dran, das ist der Plan.«

Er legte seine Hand flach auf den Tisch, die Adern zuckten, er wandte sich an Carl, der gar nicht mehr aufhörte, den hängenden Kopf zu schütteln.

»Du behältst das für dich, Stabsgefreiter? Carl?«

Irgendwo schlug krachend eine Barackentür auf, ein breiter Schatten stapfte Richtung Latrine. Die Märznacht würde unfreundlich kalt.

»Carl Schenk, meine Augen sind hier oben, du musst mir in die Augen gucken. Wir verlassen uns auf dich.«

»Ich scheiß mir in die Hose, scheißt ihr euch nicht in die Hose?« Carls Blicke hetzten durch die Runde.

»Doch, Soldat, das tun wir alle.«

Ein erster Regentropfen traf den Skat und rann davon. Zwei Scheinwerfer kreuzten unter tiefen Wolken.

»Aber«, setzte Carl noch einmal an, »du bist unser Hauptmann! Du bist der tapferste Pilot, den ich kenne. Der beste, seit Winkler gefallen ist! Du bist doch kein … Willst du wirklich –?«

»Weißte, Quicki«, sagte Richard, weil der Hauptmann schwieg, »Tapferkeit kannste nicht nachtanken.« Er griente.

»Und ich hab den Führer angerufen, ob wir beim Endsieg noch im Plan liegen, aber …«

Carl hob fragend den Kopf wie ein geprügelter Erstklässler.

»… er war gerade zu Tisch.«

DIE KETTENHUNDE!

Jetzt sind sie da. Das Scheunentor quietscht.

Da kommt nicht Tante Alma, denn sie haben vereinbart, dass Tante Alma pfeift, wenn sie ihm zu essen bringt, *In der Nacht ist der Mensch nicht gern alleine*, so ist er beruhigt.

Kein Pfeifen, kein Wort. Wie lang hat er geschlafen, wie leichtsinnig.

Da unten muss ein Feldjäger stehen, denkt Johann, hat das Tor aufgeschoben für die anderen, mit angelegten Gewehren schleichen sie sich an, wer sonst soll das sein? Onkel Wilhelm nicht, der behält die Hofauffahrt von der Engelschoffer Dorfstraße im Auge, hat Alma gesagt, und wenn da ein Auto von der Wehrmacht kommt, können wir dich immer noch warnen, hat sie gesagt.

Keine Warnung, kein Pfiff, kein Refrain von Marika Rökk.

Die Leiter kann er nicht mehr hochziehen, nicht einmal blitzschnell und ohne Lärm – man bemerkt sie sofort beim Hereinkommen.

Also dann, mein feiges Herz, heut sollst du wohl platzen. Da kommen die, die du im Stich gelassen hattest, dich abzustrafen, da holt dich deine Feigheit ein, der Übermut, das große Ich – ich, ich, ich muss überleben, es rette sich, wer kann! Und nun ist der Mensch allein in der Nacht.

Es dringt kein Laut zu ihm herauf: Tante Alma pfeift nicht, und die Kettenhunde hecheln totenstill. Mit ratterndem Puls kauert Johann zwischen den Heuballen, lauschen kann er noch und atmen, die Beine strecken nicht mehr.

Wo sind Onkel und Tante, er hat kein Motorengeräusch gehört, sie haben ihn nicht warnen können. Wahrscheinlich sind sie, einen Revolver an der Schläfe, in der Wohnstube, wo man ihnen sein 45er Büchlein auf den Tisch geknallt hat, das ihn verrät, und sie beteuern, dass sie nichts wissen über ihren Neffen; schwören, wenn sie die Stimme halten können, dass sie ihn zuletzt bei seiner Hochzeit gesehen haben, vergangenes Jahr im April, und wieso sollte er denn hier sein, er ist doch bei den Fliegern.

Denn die Liebe im hellen Mondenscheine ist das Schönste, Sie wissen, was ich meine –

Ein klares, lautes Pfeifen würde er bis hier oben hören, doch alles andere zwischen dem Heu nur gedämpft. Die Feldjäger, direkt unter ihm, könnten anlegen auf Verdacht, weil nur die Maus über die Bohlen huscht, könnten Johann von seinem Schober herunterfeuern wie eine satte Krähe aus dem Kirschbaum.

Ganz flach atmet er, denkt an die Gasmaskenübung, denkt an die sommergrünen Koppeln in Süderwisch, an die letzten Asse im Skat, die Augen des Hauptmanns über der Zigarettenglut, *wir sind doch fast zu Hause, die Zeit der Pläne ist vorbei, Meinert.*

Alles, was einmal Zeit gewesen sein mag, ist dahin. Alle Wirklichkeit vergebens, die Krumen deiner Tapferkeit zermalmt – er denkt an Friedrich, vermisst in Russland. Ein toter Held von einem Bruder, doch ein Held.

Wohin, wohin? – Emmy ... Richtig beten müsste man können, richtig glauben! – Kein Mucks von keinem. – Denn der Mensch braucht ein kleines bisschen Liebe ... – Gott steh mir bei –

Dann hört Johann die Sprosse, sie knackt.

IN DEN FLASCHEN trieb und brannte jede Menge Triumph, naher Siege gewiss. Auf das Brautpaar! Niemand sollte diese Hochzeit nüchtern verlassen.

Erst stieß man freundlich an auf die schönen Erfolge der ersten Jahre, dann wurde es lauter und dreist und alberner mit jedem Schluck. Mit dem Selbstgebrannten von Holtmann bombardierten sie die Tommys auf ihrer mickrigen Insel, sie zeigten es den arroganten Amis aber so richtig, sobald mit dem Bier ihr Mut über die Ränder schwappte, und sangen und johlten, und als keiner mehr wusste, wer eigentlich seit dem Standesamt wie viel getrunken hatte, da feierten sie das Ende vernichtender Schlachten und dass wieder Ruhe wär in Europa und der Welt und das Reich am rechten Platz. Und ein großdeutscher Friede auch hier an der Küste. Schließlich machte Grete Blohm alldem ein Ende, sagte, der Nächste, der auf ihrem Hof was vom Endsieg fasele, bekomme warme Milch statt Obstbrand, und da lachten alle bis auf Alfi Hottendorf vom Nachbarhof, der vor Stunden in der Diele eingenickt war unter einer Pferdedecke.

Um zwei Uhr in der Früh hatten Johann und Emmy schließlich Alfi untergehakt und heimgeschleift, dann ließen sie sich auf Mama Gretes gestärktes Laken fallen, Mann und Frau.

Johann hatte seinen Arm unter Emmys Kopf ausgestreckt, ein Stamm über den Bach. Auf dem Nachttisch der Schleier, auf dem Stuhl die Paradeuniform, kalter Rauch in schwerer Wolle.

Sie lachten noch über Alfi, der mit halbgeschlossenen Augen im Zickzack gelallt hatte, sie seien ein so schönes Paar und sollten doch besser mal heiraten, so eine prächtige Deern, so ein stolzer Feldwebel, heiraten, das sollten sie mal machen, so ein schönes Paar. Johann versuchte, *Feldwebel* so versumpft auszusprechen, wie es eben bei Alfi geklungen hatte, und Emmy bekam Schluckauf.

Wie bei jedem seiner Besuche seit dem vergangenen Frühjahr – seitdem sie durchs Watt spaziert waren, seitdem sie einander alles erzählt hatten, worüber sie sonst zu keinem sprachen – sagte Johann im Dunkeln, wie um ihr Zusammensein zu beschwören:

»Jetzt noch acht Tage und später für immer.«

Weil sie es gerne hörte, wenn seine Stimme diesen festen Klang hatte, tat Emmy, als habe sie ihn nicht verstanden: »Sag noch mal, Hans, wie viel Zeit haben wir zusammen?«

Er wiederholte und betonte dabei ›acht‹ ein wenig stärker als zuvor, denn der Hochzeitsurlaub war länger als jeder Heimatbesuch, seit man ihn eingezogen hatte.

»Acht Tage, dann muss ich wieder los.«

»Bitte nicht«, flüsterte Emmy. »Was wird denn aus ›später für immer‹, wenn du …«

»Emmy.«

»Du sollst nicht zurück«, sagte sie.

»Das muss ich doch.«

»An die Front nicht. Das geht nicht.«

Ihr Brautkleid fühlte sich nicht wie Stoff an, nicht wie etwas, aus dem Kleidung gemacht ist. Als ob es Johanns Handfläche kitzeln wollte, wie flüchtig höflich die sich auch darauf legte, und als bliebe ein bisschen von der eleganten Kühle der Fallschirmseide an seinen Fingern haften.

»Das kannst du nicht, Hans.«

»Es geht nicht anders. Geht doch nicht. Wie denn.«

Die Sätze konnten ihm gar nicht kurz genug sein, sie würde nicht hören wollen, wie er schwer schluckte an dem bisschen Trost, das er für sie beide aufzubringen versuchte. Emmy würde hören wollen, dass er sie nicht losließe am Ende dieser Nacht, nicht fortginge am Ende dieses Sonderurlaubs; dass er bliebe, ja, dass er einfach noch einen weiteren Tag da wäre und dann noch einen und jeden nächsten und nicht erst später für immer!

Warum konnte er das nicht sagen; dass er, wie durch ein herrlich leises Wunder, das sich unter der Tür durchschlich, gar nicht abreisen müsse. Ja, warum sagte er nicht, nun sei alles vorüber und gut. Tröstlich wäre das und obendrein gut fürs alte Herz von Mama Grete, die mehr Angst um Johann zu haben schien als seine eigene Mutter.

Wenn er an keine Front müsste, nächste Woche schon. Wenn der Zug nach Hamburg ohne ihn abführe, und sie könnten durch den Dampf das Loksignal hören an diesem Frühlingstag, wie es in der Ferne verschwände, und es ginge sie beide nichts an, Mann und Frau. Wäre das doch ein Zug, dem man lange nachsähe, um dann unbehelligt wieder nach Hause zu spazieren.

Emmy sprach zur Zimmerdecke.

»Du bist doch jetzt verheiratet. Und wenn wir bald ein Kind bekommen? Und der Vater ... auf einem Fliegerhorst in der Ostmark oder irgendwo?«

»Keiner weiß, wie lange.«

»Jaja, es geht nicht, jaja. Aber ...«

»Nicht heute, Emmy.«

»Ich darf doch meinen Mann wollen. Bei mir, Hans, bei mir.«

»Ja.«

Emmy richtete sich etwas auf, drehte den Kopf zu ihm, eine Hand auf seiner Brust. Erschöpft und hellwach waren sie.

»Ich versteck dich im Schrank und geb dich nicht mehr her!«

»Meine wilde, wilde Braut.« Johann probierte ein Lachen.

»Ich mein's ernst, ich halt dich fest.«

»Aber ja.«

Seufzend legte sie ihren Kopf auf seinen Bauch.

»Wenn wir bloß müde wären.«

»Bald kann alles vorbei sein.«

Emmy atmete noch ein paar Züge wie ein Katzenjunges, das unterm Küchentisch Zuflucht sucht. Wenn sie doch nur freier wären. Wenn doch nur.

Irgendwann sagte Emmy: »Ich bin nicht dumm. Ich hab nur Angst. Das ist nicht dumm, dass man Angst hat.«

»Emmy, ich leb doch noch. Ich bin hier.«

»Und ... lebst du auch noch, wenn der Krieg vorbei ist? Wenn Rudi zurück ist und Helmut auch und wenn Averhoff nach Hause kommt und Alfi und Schmitti und alle – kommst du dann heim? Und klopfst an mein Fenster, Hans?«

Als wäre ihr Puls ein Propeller.

»Ja, Emmy«, sagte Johann und ließ die Hand in ihrem Haar.

»Ja?« Dann wurde sie noch leiser als leise. »Die anderen, das sind alles liebe gute Leute, sie sollen heimkommen. Du bist aber mein liebster Mensch. Du sollst noch leben, Johann. Wenn alles vorbei ist.«

»Keine Angst«, sagte er, damit er weniger Angst hätte. Dann wurden seine Atemzüge so ruhig, dass sie fragte: »Schläfst du?«

»Nein.«

»Irmgard hat beim Walzer zu ihrem Schmitti gesagt, wenn er sich erschießen lässt, lässt sie sich scheiden, ich hab's gehört.«

»Das ist gut. Das Tanzen war schön.«

»Ja.«

Mann und Frau schmiegten sich an das starre Dunkel. Immer zu kurz wäre die Nacht, doch noch dauerte sie, nicht reden, nicht mehr reden, es geht doch nicht anders.

Nur ein paar Stunden später standen sie wieder auf, da sagte Emmy: »Guten Morgen, mein Mann.«

Johann nickte bloß, so feierlich er konnte, und sie schlangen ihre Arme um jeden Tag, der ihnen blieb.

DER FELDJÄGER KLETTERT NICHT WEITER. Er kommt nicht herauf, der Geheime Feldpolizist.

Einmal hat die Leiter geknackt, kurz und brüchig, dann noch einmal, die lauteste Sprosse, dann Stille.

Johann hat sein Herz in den Ohren. Mit der Rechten umklammert er das Messer, die Linke hat er vor Mund und Nase, und atmet die Atemzüge, die seine letzten sein könnten.

Noch kann er den Mistkerl überraschen! Könnte aus seinem Versteck springen, solange der andere auf der Leiter steht, sie umstoßen, dass er hintenüberschlägt, das sind fast drei Meter.

Johann kann ihn nicht heraufsteigen hören – ist es das, was sie diesen Hunden beibringen? Wie sie noch die morscheste Leiter in der ganzen Ostemarsch erklimmen können, ohne sich zu verraten, sobald sie das Fleisch von Feiglingen wittern? Dass sie sich anschleichen, die MP zwischen den Zähnen? Doch der hier hat sich verraten an das uralte Holz.

Noch zwei oder drei Sprossen, dann könnte der Kerl den Hals recken und Johanns Rucksack sehen.

Wenn da nur dieser eine wäre, denkt Johann. Wenn ich den von der Leiter stoße, wenn ich den erwische, bevor er mich erwischt – aber so verschlagen, wie der klettert, so laut wird er brüllen, und dann kommen die anderen, Gott verflucht! Und dann bin ich geliefert, dann ist es hier nicht besser als im Luftraum über Enfield, dann war's das mit später für immer. Draußen am Ackerrand hat Gustav Eduard Meinert Bäume gepflanzt vor hundert Jahren, die haben heute starke Äste, die halten jeden Mann am Strick und stehn dann ungerührt noch einmal hundert Jahre –

Da! Es knarzt wieder, gleich darauf ein doppelter Aufprall, wie wenn ein Stiefel und direkt noch einer auf dem Scheunenboden landet. Die Messerklinge liegt auf Johanns Kniescheibe, er hat den Rücken durchgedrückt, geballte Faust, und spürt ein Kribbeln im Rachen.

Komm schon, bring es zu Ende, Hundsfott, wir sind doch fast zu Hause!

Der Jäger muss gesprungen sein. Johann horcht nach unten – sind das Schritte? –, dann plötzlich das Tor, das Scheunentor schlägt zu. Die Angeln hallen nach.

Sind sie weg? Haben die Hunde etwa den Hof abgesucht und waren zu bequem, um auch noch das beste Versteck außer der Jauchegrube zu durchkämmen? Warum ist der Kerl denn nicht bis nach oben –

Mit dem Ellbogen drückt Johann zentimeterweise den Ballen über seinem Oberkörper weg, so dass er ein bisschen Licht sieht, und zieht etwas vom dumpfen, staubigen Sauerstoff in die Nase.

Kein Laut mehr da unten. Dann wird das Nächste, was er hört, wohl die MP-Salve sein, denn natürlich hat der Jäger seine Beute entdeckt, doch warum aufscheuchen, die sitzt eh in der Falle, und so holt der das Rudel, das scheppert mit den breit grinsenden Plaketten vor der Brust. Sie werden feuern, bis er fast tot ist, nur fast, dann belfert noch einer ihren Spruch über die Lefzen, Der Soldat kann sterben, der Deserteur muss sterben!, ehe sie ihm den Rest geben und die Hinterbeine heben über seinem totgeschossenen Kopf.

Fünf Minuten wartet Johann, er wartet zehn, eine halbe Stunde harrt er noch aus, sein Knie schmerzt wie selten – nichts. Niemand hier. Er krabbelt zwischen dem Heu hervor, seine Wade krampft, er flucht stumm.

Sie haben ihn nicht gefunden, haben ihn nicht gefangen.

Keine Ehre im Leib, aber auch keine Kugel von der Feldgendarmerie.

Mit zitternden Fingern holt Johann seinen Bleistift hervor und faltet das Blatt auseinander, auf dem er zu schreiben begonnen hat: Liebe Emmy, ich … und dann greift ihn ein Schluchzen, er kann nichts mehr denken. Presst den Mund in den Hemdärmel, wirft den Kopf vor und zurück, verschluckt sich beinahe an den Tränen und spürt gar nicht, wie er sich den Stift in den Oberschenkel bohrt. Als müsste er immer so wimmern, immer so, als würde das nie wieder gut, und wie soll es denn auch.

Und dann, das nassgeweinte Gesicht auf einem Heuballen, beginnt er zu summen. Immer lauter, aber nur den Refrain, mehr weiß er nicht, immer nur *In der Nacht ist der Mensch nicht gern alleine*, und die Angst flutet seine Lippen.

Johann Meinert, fast fünfundzwanzig, zieht den Rotz hoch und weiß nicht mehr, wer der Junge war, als der er vor fünf Jahren fortgegangen ist – mit extra viel Butter auf der Klappstulle für blasse Rekruten, falls die schnellen Siegeszüge einmal etwas langsamer über den Kontinent rollen, falls er noch vor Hamburg mehr Hunger als Heimweh bekommt. Er kennt keinen, der nicht frohen Mutes auf den Zug gesprungen ist. ›Froh‹ mag er nie mehr sagen, und mit dem letzten bisschen Mut hat er sich vorhin seine Hose nass gemacht, als keiner auf ihn schoss und er nicht wusste, welche arge Macht ihn verschonte.

Johann flennt, denn er lebt noch. Flennt, bis es Abend wird, und kann das keinem sagen.

EMMY BLOHM SENKTE ihren großen linken Zeh noch einmal in den Schlick.

Johanns Blick wanderte von matschbraunen Füßen, ihren und seinen, über die Wattkante bis zum Horizont, wo die Maisonne allmählich zum Tauchgang ansetzte. Mit einer Hand raffte Emmy ihr Kleid und ging weiter bis in schienbeintiefes Elbwasser. Sie schien die schwappenden Geräusche zu genießen, die jeder Schritt machte, sie tastete sich vorwärts und hielt dabei einen Arm etwas nach hinten abgespreizt.

Johann folgte ihren Bewegungen fasziniert, bis er auf den Gedanken kam, sie halte gar nicht die Balance, sondern strecke, ohne hinzuschauen, ihm die Hand entgegen und er dürfe sie ergreifen, um Emmy zu sichern, sie notfalls aufzufangen; um sie vielleicht (er wusste es nicht, denn dergleichen hatte er noch nicht erlebt) weiter und immer weiter bis ganz nach da hinten zu führen, wo der Fluss endete und die Nordsee begann.

Dicht hinter Emmy räusperte er sich gegen die nächste Bö.

»Schönes Fräulein, darf ich's wa–«

Da drehte Emmy den Kopf, großes Mädchen mit großen Augen, und vor ihrem blanken Blick konnte Johann nur noch stammeln.

»Ich«, sagte er, »also ... wir ...«, sein Arm hob sich wie von selbst gen offene See, »es ist spät. Spät geworden.«

»Spät? Haben wir die Zeit vergessen?«

Emmys Stimme perlte auf den seichten Wellen, und in ihrem Gesicht, so kam es Johann vor, hatte sie das ganze Licht dieses Frühlingstages gesammelt.

»Das Wasser läuft schon wieder auf, Fräulein Blohm. Ich sollte Sie pünktlich abliefern.« Er wandte sich zum Deich, postierte sich, als wolle er ihr den Wagenschlag öffnen.

»Ich bin doch kein Paket, Herr Unteroffizier.«

»Natürlich! Entschuldigung.«

»Jetzt hab ich Ihnen den Faust unterbrochen.«

»Verzeihung?«

Emmy lächelte, wich einer Qualle und einer Muschel aus und stellte sich vor Johann, so nah, dass er nun nicht mehr auf ihre Füße hätte schauen können.

»Der späte Tag war doch sehr schön. Und Sie dürfen es wagen, also frei nach Goethe.«

Da erwiderte er das Lächeln und fühlte sich wie ein Kavalier, bot ihr den angewinkelten Arm, doch Emmy griff nur rasch seinen Ellbogen, reckte den Hals und küsste Johann auf den Mundwinkel.

»*Frei* hab ich gesagt. *So* frei hab ich gemeint.«

»Frei«, stammelte Johann, und errötend räusperte er sich noch einmal, als sei nur das Salz in der Luft schuld, dass er bisher keinen anständigen Satz zusammengebracht hatte. »Wenn Sie so frei sind«, sein Finger wies auf die Stelle, wo sie ihn geküsst hatte, »dann ... bin ich Johann. Du.«

»Dann sag Emmy.«

»Das mach ich gern von jetzt an, Emmy.«

»Aber steh doch nicht wie beim Appell.«

»Verzeihung, das kriegt man nicht raus. Der Kopf ist manchmal so frei, aber ... Das Skelett ist immer im Dienst!«

»Wieder so ein Spruch von Richard aus der Staffel?«

Johann wischte durch die Luft, um zu verscheuchen, was er gesagt hatte.

»Nein. Nein, das nicht.«

Er spürte Übelkeit, atmete tief durch und schloss für zwei Sekunden die Augen, dann stand er wieder stabil. Am anderen Elbufer patrouillierte die Marine.

»Sollen wir dann, Emmy?«, fragte er, doch er rührte sich nicht.

»Was ist denn mit dir, Johann?«

»Nichts. Es ist gar nichts.« Er wich ihrem Blick aus, stapfte dann plötzlich los durch den nassen Sand, Emmy folgte ihm, und er sagte: »Lass uns gehen, sonst finden wir im Dunkeln die Schuhe nicht mehr, wo haben wir denn –«

»Johann!«

Er spürte Emmys Hand auf seiner Schulter und hätte sich am liebsten einfach umgedreht, hätte sie geküsst, wie sie ihn geküsst hatte, und länger und mehr und schön wie der ganze lange Tag! Doch starr und taub konnte er das Wort nicht von sich schütteln, das Skelett, das verdammte Skelett.

Ohne die Fingerspitzen von seinem Schulterblatt zu lösen, ging Emmy um ihn herum. Er spürte jetzt, wie er schwankte, und hoffte, sie würde ihn nicht nur stumm trösten, sondern noch einmal fragen, warum, und dann hatten seine Lippen auch schon den Namen geformt: »Friedrich. Friedrich Meinert junior.«

»Erzählst du mir?«

»Ja. Komm.«

Auf dem Deich, Knie an Knie auf Johanns Weste im hohen Gras, erzählte er Emmy von dem kurzen Urlaub im vorigen Sommer und der Feier mit den vielen triumphalen Schnäpsen, weil ja da die Sechste noch vorwärts marschierte und die Meinert-Jungs sich viel zu lange nicht gesehen hatten.

Im Juli 42 hatte Johanns großer Bruder sich in Bovenmoor verlobt, und stolz war die Waltraud, als habe ihr Friedrich schon im Alleingang den Stalin verdroschen. Sie träumte noch von einer Hochzeitsreise nach Moskau, sie schenkte allen ein, und irgendwann waren Fritz und Johann derart hinüber und beseelt, dass sie die Köpfe gegeneinanderkippen ließen wie Kasperpuppen.

»›Autsch‹, haben wir beide gesagt, und ich: ›Mein Kopf gewinnt heut keine Schlacht mehr‹.«

Der Wind frischte wieder auf, Emmy zog die Beine dicht an den Körper, Johann sprach gerade so laut, dass sie ihn verstand.

»Fritz hat behauptet, wenn wir unsere Köpfe benutzen sollten, dann hätte man uns das wohl gesagt. ›Das hier, das ist die Zeit der Männer. Männer, die nicht rumdenken oder rumjammern!‹ Ich sollte mein Gehirn ausknipsen, meinte er, bis wir die Sache für uns entschieden haben: ›Mein Herz, Hans, das lass ich mal schön zu Hause bei Waldi. Aber das Skelett, das ist immer im Dienst. Deins und meins. So ein Mann musst du sein heutzutage, kleiner Bruder. Rühren!‹.«

Johann drehte den Kopf so weit, dass er Emmy in die Augen schauen konnte.

»So ist er, der Fritz. So ist er gewesen.«

»Und wenn sie doch gefangen sind?«, sagte Emmy. »Die BBC soll doch gemeldet haben –«

»Ja. Ja, das mag schon sein. Dass seine Knochen irgendwann wieder nach Hause finden. Kann sein.«

»Aber du glaubst es nicht.«

»Wir sind so verschieden, Fritz und ich. Was ich vor allem nicht glaube, ist, dass ich so leben und so kämpfen kann. Verstehst du?«

Sie nickte und wartete, ob er weiterredete, und nickte noch einmal.

»Dass ich so ein Mann bin, meine ich. Heutzutage. So ein Soldat.«

Sie hatte ein paar Grashalme ausgerupft und wog sie auf der Handfläche. »Willst du denn dein Herz nicht hierlassen, so wie Friedrich? Zu Hause, meine ich, also hier bei …«

Emmy beendete den Satz nicht. Langsam legte Johann einen Arm um sie, zog sie näher zu sich, legte das Kinn auf ihr Haar.

»Ich würd's hierlassen, weil ich weiß, du passt drauf auf. Nur – am besten nehm ich's doch mit, und den Kopf sowieso. Oder?«

»Ja.«

»Ich weiß nicht, ob ich das zustande bringe, Emmy, aber: Lieber will ich ein Mann sein, der das hier benutzt«, er tippte sich an die Schläfe, »um das hier nach Hause zu bringen«, und als er den Finger herunternehmen wollte, griff Emmys Hand nach seiner und legte beide auf sein Herz, das aufgewühlte Schläge tat.

Sie sahen nicht, wie die Sonne unterging.

»Von jetzt an hab ich Angst um dich.«

IHM FEHLT JEGLICHES GEFÜHL DAFÜR, wie viele Stunden er am Stück geschlafen hat. Niemand neben ihm, kein Kamerad, kein Mensch. Seine Hand fährt über die seit vorgestern nicht mehr rasierte Wange. Er ist es, das ist wohl seine raue Haut unter seinen eigenen Fingern. Er ist noch bei sich und hat geschwollene Augen.

Gestern im dämmrigen Spätnachmittagslicht hat Johann den Salzflecken auf seinem Hemd beim Trocknen zugesehen, dann hörte er das Pfeifen, die Erkennungsmelodie, und wäre beinahe abgerutscht, als er seiner Tante entgegenkraxelte, die am Fuß der Leiter wartete. Kartoffelsalat, eine Bügelflasche Kirschsaft, drei Blatt Papier.

»Hast du sie gesehen, Tante Alma, sie waren hier, habt ihr denn die Feldjäger nicht gesehen?«

Alma wusste genau, dass sie niemanden auf ihrem Hof, bei ihrem Haus gesehen hat. Da ist keiner vorbei, konnte sie beschwören. Wilhelm und sie hielten doch beinah durchgehend Wache, nein, da kann niemand in der Scheune gewesen sein. Eine besonders fette Maus müsse auf die Leiter gesprungen sein.

»Das ist wohl kein Wunder, dass du schlecht träumst, Junge. Der Älteste von nebenan, von den Clausens, der ist ja vor zwei Jahren aus der Normandie nicht zurückgekommen, und die Gerlinde, die sagt, sie träumt jede Nacht, dass er mit Blumen vor der Tür steht, und dann sagt er immer ›Muttertag!‹ zu ihr, Muttertag, und sonst kann er nichts sagen. Furchtbar. Du musst gut essen, Johann.«

Er hat gut gegessen und mit dem süßsauren Saft in kleinen Schlucken die trockene Kehle benetzt. Dann ist er eingeschlafen, als er versucht hat, Emmy mit Babybauch zu zeichnen, wie sie auf einem umgestürzten Baumstamm sitzt.

Heute bringt Alma eine Extraration Milch und erwähnt die

Schergen mit keinem Wort, sie scheint das bereits vergessen zu haben, sie glaubt ihm nicht, was er gehört hat, das Knarzen glaubt sie nicht. Aber Wilhelm sei drüben beim alten Clausen gewesen, und der hört zwar eigentlich nichts mehr, will aber gestern gehört haben, die Amis sind schon Richtung Ruhrgebiet, bald sind alle Brücken dahin. Gut essen solle Johann und gut versteckt bleiben.

Bis zum Mittag bleiben Johanns Tränensäcke rot und schwer. Er versucht Kniebeugen auf einem Bein, er liest ein paar Briefe, dann hört er draußen die Pferde.

VORS KRIEGSGERICHT? Hatte er das wirklich gefragt?

»Hör zu, Carl«, erklärte Richard genüsslich, während sie auf den zusammengeschobenen Tischen die Luftaufnahmen der Aufklärer ausbreiteten, »da musste dir gar keine Sorgen machen: Wir kommen vor kein Kriegsgericht.«

Carl spuckte auf den Boden. »Wie du dir so sicher sein kannst!«

»Geht das leiser«, schaltete Johann sich ein. »Bühler ist gleich hier mit dem Alten!«

Doch Richard ließ sich nicht unterbrechen, nur weil sie den General zur Lagebesprechung erwarteten. Der ihnen sagen würde, dass ihre Offensive, der entscheidende Gegenschlag, kurz bevorstehe, wie immer, sie nur noch auf Nachricht von hier oder Unterstützung von dort warten müssten, auch wie immer.

»Pass auf, Quicki.«

Richard strich die großformatigen Fotos von Südengland glatt.

»Der Kellermann, das ist ein Saufkumpan von meinem alten Herrn, den hab ich letztens in Hamburg getroffen, da ist der Richter am Gericht.«

»Am Kriegsgericht? Ehrlich?«

»Klappe, Soldat, Geschichte geht weiter. Der Kellermann hat Mittagspause, und ich bin zufällig zu früh dran als Trauzeuge für die Standesamtliche von meinem Bruder, hab noch ein Stündchen Luft, lädt mich also der gute Mann auf zwei Bier ein und erzählt mal so, wie der Krieg im Apparat läuft mittlerweile.«

»Apparat?«

»Der Staatsapparat, mein Gott. Die Behörden, die Ämter, die Sesselfurzer.«

»Kannst du das abkürzen, Krause?«, sagte Johann. »Es geht gleich los. Und wir hatten gestern vereinbart, dass wir uns verdammt unauffällig verhalten bis morgen Abend, also guckt wenigstens so, als würdet ihr übers schlechte Essen reden oder die kalten Duschen!«

Richard rollte mit den Augen, nickte dann aber und legte dem jungen Carl die Hand auf die Schulter.

»Sie machen das nicht mehr.«

»Wer?«, fragte Carl. »Was?«

»Die Gerichte. Die ordentlichen Gerichte kümmern sich nicht mehr um Leute, die von der Truppe verschwinden. Die stecken dich nicht ins Zuchthaus, versprochen.«

»Echt nicht?«

»Standgericht.« Richard machte eine Pause, gab dem Groschen Zeit zum Fallen. »So ein Standgericht spart ungemein Zeit und Mühe. Sagt der Kellermann. Paragraphen hätten wir reichlich, aber Papier, Papier ist knapp wie alles Mögliche.«

Carl schluckte.

»Keine Haft, keine Anklageschrift, kein gar nichts. Wenn du stiften gehst, dann hat dein enttäuschtes Vaterland gerade noch einen schönen dicken Tampen für dich übrig oder ein paar Bleikugeln. Und ein schönes Schild malen sie dir, wie in der Reklame.«

Er umriss mit den Händen ein großes Rechteck in der Luft, und Johann seufzte.

»Lass doch einfach mal gut sein, Richard.«

»Was denn, Meinert, der Steppke muss das doch wissen, oder was. Der denkt doch sonst, die stellen ihm noch einen Studierten als Verteidiger. Als wär er 'ne große Nummer, nur weil er bei El Alamein damals bisschen Sand ins Auge gekriegt hat!«

Richard senkte seine Stimme wieder.

»Also, Quicki, sie pinseln dir einen Abschiedsgruß fürs rückwärtige Gebiet auf die Pappe, da steht, dass du ein Deserteur bist, und dann baumelst du irgendwo, wo man dich gut sehen kann. Eine Scheuche.«

Achselzuckend beugte er sich über eine Karte der südlichen Nordsee.

»Eine Scheuche, Richard?«

»So machen die das. Aber, und das ist eben die gute Nachricht, so was Unangenehmes wie Kriegsgericht, das bleibt dir erspart, und da muss deine Mutti auch nicht in ihrem besten Kleid anreisen und auf der harten Holzbank sitzen und um Gnade winseln.«

Carl ballte die Fäuste. »Jetzt hältst du aber die Klappe.«

»Gnade ist nämlich nicht mehr im Angebot. Das musst du wissen, Carl. Mehr nicht. Fertig.«

Von der Hauptwache kamen Hauptmann Bühler und der Stützpunktkommandant über den Platz, zeitgleich legten Richard und Johann ihre Zeigefinger an die Lippen, warteten auf ein rasches, stummes Nicken von Carl, dass er verstanden habe und die verdammte Klappe halten werde, doch der schaute nur an ihnen vorbei, drehte sich um und schlug die Hacken zusammen.

Sobald er am Nachmittag nach der Lagebesprechung allein im Quartier war, packte Johann seinen Rucksack.

Einer nach dem anderen würden sie später das bisschen Gepäck holen, während die anderen Schmiere standen, und dann über den dunklen Winkel zwischen Wasserwerk und Rollfeld vom Gelände verschwinden. Sich so schnell wie möglich so unsichtbar wie möglich machen, jeder für sich. Dann wäre für sie, die nicht wussten, ob und wo sie einander jemals wiederbegegnen würden, das Schlachten und Bangen vorbei, wäre tatsächlich in einer Nacht-und-Nebel-Aktion vorbei und überstanden.

Mit den Zähnen zog Johann das Wurstband auf, das Emmys Briefe zusammenhielt, nur um es noch einmal fester zu schnüren, ehe er alles verstaute. Etwas vom Frühstück abgezweigten

Proviant, den Fliegerdolch, zwei Fotos: die vier Meinert-Brüder in der Volksschule, nach Größe aufgereiht, und das Hochzeitsbild.

Fast schon trotzig, Emmy, dachte er, wie glücklich wir lächeln, alle beide.

Noch sieben Stunden.

Vom Kopfkissen, das er nicht mehr benutzen sollte, schnipste er einen Wollfussel. Auf wie vielen Betten hatte er wach gelegen in den letzten Jahren? Er wollte zurück auf das Fleckchen Erde, von dem er aufgebrochen war. *Fast schon zu Hause.*

Der Hauptmann, Richard, Carl – wie würde ihre Flotte, wie würde jeder Soldat, den er gekannt hatte, diesen verdammten, elenden Krieg hinter sich bringen, überleben, vergessen? Das Fluchen half schon lange nicht mehr, und wie sollte man hoffen an jedem Tag in dieser bombenverhangenen Welt.

Johann schaute sich noch einmal die Fotos an und wünschte sich nichts mehr, als ohne Wünsche zu sein und nur daheim bei Braut und Brüdern. Mit seinem Vater bei Lütt und Lütt am Sonntagmorgen unterm Apfelbaum von März bis Oktober, mit Rudi und Helmut, die Mützen schief und zufrieden. Durchs Gartentor käme Fritz und würde sich zu ihnen setzen, als läge er nicht in der ungnädigen russischen Erde, wo Frost auf Frost folgen mochte. Und dann träte ihre Mutter aus dem Haus, um das Glück nicht zu fassen, aber so wird es nicht sein.

Die Tagebücher legte er auf den Rucksack und stopfte ihn unters Feldbett, zu der Schnapsflache für seinen Onkel. Die würde er nicht mitnehmen, sie war voll und schwer.

Alles sollte gut werden, doch das Wort kam schal daher seit langem schon.

»Gut? Mach dich nicht lächerlich. Glimpflich, Funker, das ist alles, was du kriegst. Wenn du Schwein hast.«

Das hatte Richard ein ums andere Mal gepredigt, während sie auf die Starterlaubnis warteten.

Glimpflich, mehr nicht.

Und dann schlug Richard Krause sich – sein eigenes, befremdliches Ritual in dieser Zeit – mit der Rechten schnell nacheinander auf den Kopf, den Brustkorb und zwischen die Beine.

»Überall, wo ich gar nicht getroffen werden will, Johann: Ich will erträglich nach Hause, und die Pumpe soll pumpen, und meschugge will ich nicht sein, und Marlene will vier Kinder, und zwar alle von mir!«

Es lag nicht viel zwischen glimpflich und grausam. So hatten sie Jahr um Jahr geschossen auf Menschen, die sie nicht kannten, um lieber zu töten, als getötet zu werden. Sie legten Häuser, die winzig wirkten, sie legten Straßenzüge, die sie nicht wiedersehen würden, und Städte, die sie nie besuchen sollten, in Schutt und Asche. Schmissen mit Stahl aus Bombenschächten nach allem Menschlichen und zogen die Kappe tief in die verschwitzte Stirn; sahen durch dickes Brillenglas hinterm Rauch die Trümmer ihrer Jugend.

Es war herrlich zu fliegen, solange man sich unbesiegbar fühlte, doch sie waren nur vier Stücke Fleisch in einer Büchse mit Propeller.

Wie sollte man hoffen. Sie würden rennen müssen.

ALMA HAT GESAGT, sie kommt erst am Abend. Wenn sie Brot gebacken hat. Die Stille ist eine Qual. Alma kann noch nicht zurück sein.

Mit einem schweren Schleifen wird das Tor bewegt. Im selben Moment registriert Johann, dass er sich nicht bewegt hat, nicht sofort alles in die Decke geknüllt hat und damit unter die Ballen gekrochen ist.

Kein Lied, kein Wort, doch irgendetwas sagt ihm, er könne ganz ruhig sein. In dieser hellen Sekunde niest drei Meter unter ihm eine Frau, die jünger sein muss als Alma.

Er hält die Luft an, es niest ein zweites Mal, dann hört er ein scheues »Hallo?«.

Mit einem Schwung steht Johann auf und geht an die Bodenkante.

»Ein guter Gaul zieht dreimal«, sagt er zu dem Mädchen, das am Fuß der Leiter den Kopf in den Nacken gelegt hat und zu Johann hinaufsieht, die Nase krausgezogen.

»Hatschi!«

»Gesundheit, junges Fräulein.«

Sie weicht einen Schritt zurück. Fünfzehn oder sechzehn mag sie sein, trägt Stiefel unterm Rock und eine walddunkle Wolljacke.

»Wer sind Sie denn, was machen Sie denn da oben?«

Beinah salutiert er, dann tippt er sich nur an die Stirn. »Wer bist du, bist du allein?«

»Allein?«

»Ob einer weiß, dass du hier bist?«

»Ich bin eigentlich bei den Gäulen.« Sie zeigt hinter sich zur Scheunenwand. »Das sind unsere Pferde.«

»Dann bist du vom Nachbarhof, von Clausen?«

Sie nickt. »Frieda bin ich. Sie wohnen aber nicht hier.«

Er geht in die Hocke, greift nach der Leiter. »Johann. Johann Meinert. Willst du Radieschen?«

Sie schüttelt den Kopf.
»Hör mal, du darfst keinem sagen, dass ich hier bin, ja?«
Wieder Kopfschütteln.
»Wirklich niemand darf das wissen, auch deine alten Herrschaften nicht, kapierst du das?«
»Radieschen haben wir selber genug«, sagt sie.
»Das glaub ich. Und bist du gut mit Geheimnissen, Frieda?«
Ein Achselzucken. »Weiß nicht.«
»Willst du raufkommen? Ist nicht so übel hier oben.«
»Weiß nicht.«
»Ich tu dir nix, und die Leiter hält. Trau dich.«
Sie verschränkt die Arme, setzt einen Fuß auf die erste Sprosse. »Sind Sie schon lange da oben? Ist das ein Geheimnis?«
»Du kannst auch ruhig Johann zu mir sagen, Fräulein. Wie alt bist du denn?«
»Nächsten Monat siebzehn. Und gestern ...«
»Ja?«
»... gestern hätte ich mich schon fast getraut, Herr Meinert.«
Der Kettenhund. Johann fröstelt. Der Feldjäger, den er mit der Leiter umwerfen wollte und der kehrtgemacht hat, der Sauhund, der nicht zurückkam mit seiner Einheit und einem Galgenstrick: Das war sie, das war Frieda vom Clausen-Hof.
Ihre Hände packen die Leiter, sie lehnt sich zurück, als wolle sie Schwung holen, bleibt aber stehen.
»Ich hab Tante Alma gesehen, mit der Milchkanne und dem Korb. Und sie ist so komisch gegangen. Hab mich gefragt, was für ein angeschossenes Tier sie wohl in der Scheune aufpäppelt.«
»Frieda, hör zu ...«
»Aber angeschossen sind Sie ja nicht, oder?«
»Nein.«
»Ich wollte raufklettern, aber dann dachte ich, Sie schlafen vielleicht, weil Sie verletzt sind oder krank.«

Johann sagt nichts.

»Sind Sie denn krank? Im Dorf hatten welche die Grippe.«

»Ich hab keine Grippe, du kannst ruhig raufsteigen, dann erklär ich dir das.«

Ist das ein Lächeln, oder zuckt ihr Mund vor Wut?

»Erklären? Was denn wohl erklären? Ich glaube, ich weiß schon ganz gut, wieso Sie aufm Heuboden sind, Feldwebel.«

»JETZT ODER NIE, ihr Arschgeigen!«

Richards Worte zischten zwischen ihnen umher, sein Blick glühte, und sie duckten sich in den Schatten des Wachturms.

In der Baracke waren alle beim Filmabend, alle bis auf diese vier, und denen blieben neunundneunzig Minuten, bis Viktor Staal am Ende Marika Rökk seine Liebe gesteht.

»War mir eine Ehre, meine Herren«, sagte Hauptmann Bühler, »und nun seht zu, dass ihr Land gewinnt.«

Johann nickte erst ihm zu, dann Richard, und da sagte mit schlotternder Stimme der junge Stabsgefreite Carl Schenk aus Quickborn:

»Nee. Kann ich nicht.«

»Was?«

»Ich geh zurück, Richard.«

Carl kippte aus der Hocke auf den Hintern, ließ das Kinn auf die Brust sinken und betrachtete den Boden zwischen seinen Knien.

»Weiter geh ich nicht.«

Bühler stampfte mit dem Fuß auf, Richard hob schon schnaufend die Faust.

»Carl«, sagte Johann und versuchte mit einer knappen Geste die anderen beiden zurückzudrängen, »ich hab genauso Schiss wie du. Und die beiden Großmäuler da ganz sicher auch.«

Während Richard sich ein paar Schritte entfernte und die Baracke beobachtete, legte der Hauptmann die Hand an den Gürtel. Er zeigte auf die P.38, fixierte Johann und hielt dann zwei Finger hoch: Zwei Minuten, Meinert.

Panik raste durch Johann, er hatte nicht viel Zeit für lange Erklärungen.

»Carl, hör mir zu!«

Bühler würde dafür sorgen, dass keiner zurückging, dass keiner sie verpfeifen und das bisschen Zeitvorsprung zunichtemachen konnte.

»Nee, Johann. Kann das nicht. Ich geh zurück, Johann, ich kann nicht.«

Johann hockte sich vor Carl, fasste ihn bei den Ärmeln.

»Du kannst.«

»Nee, meine Beine! Ich kann nicht gehen, meine Beine kann ich nicht bewegen.« Die Stimme flehte wackelnd um Verständnis. »Geh du ruhig, geht ihr mal, ich sitze hier, ich geh später zurück, wenn meine Beine wieder ... und ... dann schlaf ich einfach.«

»Quicki ...«

»Dass ich eingeschlafen bin! Ich sag, dass ich auf der Wache eingeschlafen bin, und dann seid ihr abgehauen! Ohne mich übern Zaun. Das sag ich!«

Aus dem Augenwinkel sah Johann Richards rot zitternde Fäuste, rohe Fleischstücke in der Dunkelheit, doch Carl zuckte nur die Achseln.

»Kann die Beine gar nicht fühlen, Johann. So kann ich ja schlecht weglaufen, oder?«

»Pass auf, Soldat, ich bleib hier bei dir, bis deine Beine wieder mitmachen, ja? Und dann marschieren wir los, wie abgemacht.«

Ein Wimmern war die Antwort.

»Schenk, die Kameraden hier verlassen sich auf deine Beine, Mensch.«

»Kann nicht«, kam es sehr leise zurück.

Richard knurrte etwas von »Schnauze voll, Hauptmann«, Carl bäumte sich auf, »Ich – kann – das – nicht!«, dann fiel sein Kopf vornüber, als wäre er bewusstlos.

In diesem Moment zog Hauptmann Bühler seine Jacke aus und knüllte sie hastig zu einem Bündel zusammen. Einen gedämpften Knall würde vielleicht niemand hören, wenn Marika Rökk da drinnen nur laut genug für sie sang.

Verdammt, dachte Johann, soll denn jetzt auch noch der eine Verräter den anderen übern Haufen schießen!?

Ich möchte so gern, ich weiß nur noch nicht, was,
mein Herz möchte dies, mein Verstand möchte das …

Langsam löste Bühler die Schnalle seines Holsters, da packte Johann schließlich Carl bei den kaltroten Wangen, bohrte ihm die Daumen unters Jochbein, bis der Junge ihm in die Augen sehen musste.

»Du stehst auf. Jetzt. Du stehst auf oder du stirbst.«

»Johann …«

»Jetzt oder nie wieder.«

»… grüß mir deine Braut, wenn du heimkommst.«

»**WELCHER SOLDAT SCHLÄFT** denn wohl im Heu? Hm?«

Johann antwortet nicht, er versucht Friedas Mienenspiel zu deuten über die drei Meter zu ihm herauf, sie spricht so eigentümlich, er muss ihr einbläuen, dass sie dichthält, ein paar Tage nur, höchstens Wochen.

»Meine Brüder sind bei den Panzergrenadieren. Nur noch einer, meine ich. Rolf ist gefallen, in Frankeich. Aber in Afrika war er auch. Waren Sie schon mal in Afrika?«

»Ja.« Und zum Glück haben sie uns noch rechtzeitig verlegt, denkt Johann, ohne Eichenlaub nach Kreta.

»Und von Bruno haben wir seit Wochen nichts gehört. Von der Westfront. Vielleicht ...«, jetzt schwingt sie einen Fuß auf die zweite Sprosse, »vielleicht sind die Amis längst übern Rhein. Kennen Sie den Kölner Dom?«

»Nur von oben. Apropos ...«

Frieda zwinkert kurz in das dämmrige Licht, dann kraxelt sie flink die Leiter nach oben, wo Johann ihr die Hand entgegenstreckt. Sie nimmt sie, um sich hochzuziehen, lässt sie gar nicht erst wieder los und schüttelt sie langsam, als hätte sie das eben erst in der Tanzstunde gelernt.

»Guten Tag.«

»Guten Tag. Wir können uns besser unterhalten, wenn du nicht da unten stehst.«

»Worüber denn, Herr Meinert?«

»Johann. Bitte.«

Er drückt noch einmal kurz und fest, löst dann seine Finger, und sie lässt den Blick über Johanns Lager schweifen: seine Vorräte, den Eingang zum Versteck aus gestapelten Heuballen, unter der Schräge.

»Na schön. Johann.«

Auf den Heuballen direkt bei der Leiter setzt sie sich so, als wolle sie das Tor im Auge behalten oder notfalls schnell fliehen können.

»Willst du dich über Afrika unterhalten?«, fragt sie. »Oder über den Westwall, über den Dorfklatsch?«

»Ich wollte dir erklären …«

»Oder über Wehrkraftzersetzung?«

»Frieda, hör mir mal zu.«

»Ich weiß, dass das so heißt.«

Mit zwei Metern Abstand setzt sich Johann auf einen Ballen und presst die Handflächen im Schoß gegeneinander.

»Ich bin abgehauen.«

»Natürlich bist du das.«

»Frieda, ich komme aus Süderwisch, da ist meine Familie und Emmy, Emmy ist meine Frau, und wir … ich will …«

Sie muss doch sagen, dass sie das versteht, denkt er und beobachtet ihre Reaktion, das wird sie ganz gewiss begreifen, sie ist kein Kind mehr. Aber sie macht keine Anstalten, ihn verständnisvoll zu unterbrechen.

»Ich muss zu ihr, ich – muss – da hin. Das ist alles. Verstehst du?«

»Das ist nicht so schwierig.«

Wieder bemerkt er dieses Zucken um ihren Mund, sie könnte doch auch einmal lächeln oder zumindest freundlich zurückschauen, wo er so ehrlich zu ihr ist. Dann scheint sie ihre Miene einzufrieren, als wolle sie ganz besonders aufmerksam zuhören, ob er nicht noch mehr und Besseres in seiner Sache vorzubringen habe, und Johann erklärt, er sei Funker bei der Luftwaffe.

»Auf dem Fliegerhorst in Stade, da war ich die letzten sechs Wochen. Man kann sagen, es steht nicht gerade zum Besten um unsere Schlagkraft. Die neue V-Waffe soll bald kommen, aber wir haben ja längst zu viele Fronten, die Bomberflotte ist eben nach wie vor zu klein, und der Alte, bei uns am Stützpunkt, der hat bei jeder Lagebesprechung nur noch gebrüllt oder geschwiegen, nichts dazwischen. Die Lage ist schon länger heikel, das steht aber so nicht in der Zeitung.«

Friedas Gesicht verrät kein bisschen, ob sie rein gar nichts oder ob sie alles ganz genau versteht.

»Und jetzt hieß es, alle verfügbaren Maschinen sollen in Holstein zusammengezogen werden, in den nächsten Wochen, und einen Großangriff fliegen. England angreifen, verstehst du, mit hundert Geschwadern. Und Churchill bezwingen, koste es, was es wolle. Und da würden wir dann zum Einsatz kommen. Das Ganze wäre ein Himmelfahrtskommando, Frieda. Ehrlich.«

»So?«

»Du weißt nicht, was das bedeutet?«

»Doch.«

Er schürzt die Lippen, versucht die Gedanken an Coventry und Antwerpen abzuschütteln.

Dieses Mädchen darf nicht wieder vom Dachboden runter, ehe er sicher weiß, sie ist auf seiner Seite, doch sie sitzt da wie eine Nebelwand aus kurzen Wörtern.

»Weißt du«, versucht er es noch einmal, »Richard, also Krause, unser Beobachter, der hat letzte Woche noch gesagt, das Himmelfahrtskommando hat ja immer noch Jesus, und der würde uns wohl kaum ohne Wunderwaffe nach England schicken!«

Das Mädchen runzelt die Stirn.

»Der Oberfähnrich, der war immer für so Sprüche gut. – Du lächelst wohl nie, Fräulein Clausen?«

»Du bist abgehauen, weil du nicht wie Jesus enden willst? Ich hab schon lustigere Sachen gehört.«

Sie steht auf.

»Wo willst du hin?«

»Ich muss im Stall helfen.«

Johann steht ebenfalls auf.

»Und du sagst deinen Eltern nichts? Niemandem?«

Sie zuckt mit den Schultern, schaut dann zu Boden.

»Denkst du nach, Frieda?«

Sie seufzt.

»Ich musste nur gerade daran denken, dass mein Bruder wohl keine Scheune hatte in Frankreich und keine Radieschen.«

Sie schluckt.

»Ich glaub ja, dass er mutig gestorben ist.«

»Bestimmt ist er das, Frieda.«

Nun schaut sie auf, aber an ihm vorbei auf die Spinnweben im Gebälk.

»Und Bruno ist neunzehn und ...«

Sie schlingt ihre Wolljacke fester um sich.

»Warum bist du was Besseres?«, fragt sie. »Der Krieg ist doch derselbe.«

Und weil er nichts darauf zu sagen weiß, setzt sie den Fuß auf die Leiter, steigt ohne Hast hinab.

Johanns Blick folgt ihr, sein Mund ist trocken, das Herz sprachlos. Sekunden später steht Frieda am Tor, die Hand auf dem Riegel, und dreht sich noch einmal um.

»Weißt du, dass ich mich nicht erinnern kann an das letzte Gespräch mit meinen Brüdern?«

Sie schiebt das Tor auf, diesiges Licht fällt durch den Spalt.

»Aber ich kann mich noch verdammt gut erinnern, was mein Vater gemacht hat, als ich ihn das letzte Mal angelogen hab.«

»Frieda, warte!«

»Heil Hitler, Feldwebel!«

Und dann ist sie fort.

»DU STEHST AUF oder du stirbst!«

Johann sagte es noch einmal, er sagte jedes Wort so furchtbar deutlich, dass Carl begreifen musste, die Frist läuft ab.

Als habe er alles genau beobachtet und wolle sie zur Eile mahnen, rief der Waldkauz zu ihnen hinunter, der seinen nächtlichen Platz auf der Nordmauer eingenommen hatte. Doch Carl war wie taub verloren in seinem Kopf, und unablässig befühlte er seine Beine. Schwach drang ein Lichtschein vom Barackengebäude über den Hof, und für Sekundenbruchteile hörte man scheppernden Lautsprechergesang, als irgendwer die Filmvorführung vorzeitig verließ.

»Es reicht, Johann«, sagte hinter ihnen der Hauptmann, und jedes Wort schien schneidender vor dem Nachthimmel, »geh zur Seite«.

Johann sah über die Schulter zu Bühler, der die Waffe angelegt hatte, und schüttelte den Kopf.

»Nein.«

»Feldwebel, treten Sie augenblicklich zur Seite, das ist ein Befehl!«

»Erik ...«

»Eigentlich«, murmelte Carl erstaunt, »haben meine Beine immer gut funktioniert.«

Da trat Richard vor, um Johann wegzustoßen, so dass der Hauptmann freie Schussbahn hatte.

Carl schaute auf.

»Nicht schubsen, Richard.«

Und wie aus dem Nichts begann der Junge zu pfeifen, *Das kann doch einen Seemann nicht erschüttern, keine Angst, keine Angst –*

»Verdammt«, zischte Bühler, ließ den Lauf der Pistole sinken, »dieser Idiot! Muss der denn heute durchdrehen, konnte das nicht bis morgen warten? Verfluchte Scheiße, Schenk!«

Zwar reagierten Johann und Richard im selben Moment, doch Johanns Position war günstiger, er schnellte vor, schlug Bühler die Waffe aus der Hand, und Richard griff ins Leere, strauchelnd. Sofort stand Johann auf, um mit der P.38 eine knappe Bewegung anzudeuten, worauf Richard und der Hauptmann einen Schritt nach hinten ins hohe Gras machten.

»Lasst gut sein, Kameraden«, sagte Johann, »ich mach das hier.«

Nun sang Carl auch noch, leise und inbrünstig, »*Und wenn die ganze Erde bebt und die Welt sich aus den Angeln hebt*«, und Bühler ballte die Faust, die eben noch den Griff der Waffe umklammert hatte.

»Feldwebel Meinert, ich befehle Ihnen, auf der Stelle –«

»Ich sagte, ich mach das hier, Hauptmann. Genug befohlen. Verdammt, ihr sollt nach Hause laufen! Jetzt!«

Carl hielt plötzlich inne, auch Johann lauschte da hin, wo sie hergekommen waren und jetzt vorschriftsgemäß zu sein hätten, als eine gedämpfte Lachsalve den Kinosaal erschütterte. Zweihundert Soldaten der Luftwaffe vergaßen in einem Atemzug für einen Herrenwitz den Schrecken dieser Zeit, und der Kauz verstummte.

»Du willst nicht auf uns schießen, Johann«, raunzte Richard in die Dunkelheit. »Das willst du nicht. Nicht du.«

WARUM BIST DU WAS BESSERES?

Johann tritt ein ums andere Mal gegen den Heuballen. Am liebsten würde er aus sich selber die Antwort auf die Frage herausprügeln, mit der Frieda ihn allein zurückgelassen hat. Warum bist du was Besseres, Johann Meinert, der Krieg ist doch derselbe, und wer gibt dir das Recht?

Wo hast du bezahlt für das Privileg, zu überleben?

Schwer zu sagen, wie viel Zeit ihm bleibt. Wenn Frieda schnurstracks zu ihrem Vater gegangen ist, wenn dieser gleich darauf den Dorfpolizisten verständigt, wenn jener unverzüglich nach Stade telefoniert hat, dann bleibt Johann nur wenig Vorsprung.

Sie hat ihn verpfiffen, und warum auch nicht. Ob sie nun trauert um ihre Brüder, ob sie einfach nur wütend ist oder wirklich Angst vor ihrem Vater hat, kommt für Johann aufs Gleiche raus. Er muss hier raus, muss über die Weiden und Felder und schauen, wie weit er kommt.

Aber Johann will nicht wegrennen. Nicht noch einmal und nicht vergebens. Nicht gejagt sein. Er zwingt sich zur Ruhe, zwingt seinen Puls Schlag um Schlag herunter und setzt sich hin mit wackligen Knien.

Ein Stift, ein Blatt, ein Brief zum Abschied.

Johann schließt die Augen und sieht Fritz vor sich, auf dem staubigen Feldweg, Fritz, wie er Johanns Hand führt, als er dem Schleswiger das erste Mal über die Nüstern streicht. Noch sind die Brüder viel kleiner als das Tier, noch hat Johann Angst und Fritz schon Respekt, noch reicht ihre Welt nur bis zum Warningsacker, weiter dürfen sie nicht laufen.

Ach Bruder, du hast dich ganz gewiss nicht verkrochen.

Dass seine Mutter schon einen Sohn an den Krieg eingebüßt hat und nun noch einen, und niemand weiß, was mit den beiden Kleinen ist, Rudi und Helmut, die könnten sonst wo in dieser Sekunde eine Granate abkriegen. Zwei von vier, denkt Johann, wenn nur die Hälfte von uns wieder nach Hause käme, es ist eine elende Rechnung und besser als nichts. Es hätte nur den großen Fritz nicht erwischen dürfen, nicht ihn mit seinem Mumm für drei.

Für einen unerschütterlichen Moment glaubt Johann, als einziger Mensch auf der Welt zu begreifen, was ›vermisst‹ wirklich bedeutet. Nicht ›seit langem schon fort‹ wie eine ausgewanderte Cousine, nicht ›fast verendet‹ wie ein angeschossenes Kitz, nicht ›abwesend‹, sondern vermisst von Menschen, denen ein Mensch fehlt. Als schnitte das scharfe s ihn mittendurch, vermisst Johann in diesen Sekunden mit allem, was er hat. Seine Erinnerungen will er nicht hergeben, die Brüder nicht und nicht den Schmerz, wie soll denn sterben, wer so kurz gelebt hat.

Ich pack die Welt und lass nicht los, denkt er und reißt die Augen auf, da schleicht sich in seinem Augenwinkel die Katze an, und sein Blick sagt ihr: Jaja, ich schreib ja schon.

Nur rasch ein paar Worte an Emmy, und einen Gruß soll sie den Eltern ausrichten, eilige Zeilen, die er irgendwo hier oben verstecken muss, dann will er mit Decke und Rucksack ein letztes Mal hinuntersteigen, die Leiter im hinteren Teil der Scheune zwischen Pflug und Düngewagen verschwinden lassen und so seelenruhig er kann auf die Geheime Feldpolizei warten, als wäre sein Lager dort unten gewesen oder als hätte er alles zusammengerafft, um weiter zu fliehen.

Sie werden sich ja nicht die Mühe machen, den Heuboden zu durchsuchen, es wird ihnen ja vollkommen reichen, den Feind des deutschen Volkes da hinzurichten, wo er gerade steht. Im Rucksack neben dem durchlöcherten Körper werden sie bestenfalls einen alten Brief von seiner Verlobten finden, harmloses romantisches Geschreibsel, keinen Hinweis auf den Verbleib der restlichen Besatzung, und da werden sie sich fragen, ob sie ihn nicht besser erst ein bisschen gefoltert hätten, um herauszukriegen, wohin der Rest vom Lumpenpack sich verdrückt hat, Bühler, Krause, Schenk.

Allesamt unerlaubt abwesend.

Wenn sie noch leben, denkt er, wenn sie in diesem Augenblick überhaupt noch am Leben sind.

Meine liebe Emmy, schreibt er, *so oft hab ich Glück gehabt und nun also nicht mehr* – dann rutscht ihm der Bleistift an der schweißnassen Fingerkuppe ab und zieht einen Haken unter das Glück.

RICHARD STÜTZTE DIE HÄNDE auf die Knie, schüttelte nur noch den Kopf, sein Mund verzog sich zu einem Grinsen, das Johann nie an ihm gesehen hatte, dann wurde die Grimasse zu einem tonlosen Lachen unter funkelnden Augen.

»Jetzt haut schon ab«, sagte Johann ein letztes Mal und fuchtelte mit der P.38 Richtung offenes Feld.

Hauptmann Bühler stampfte auf, schaute noch einmal herüber zu den abgedunkelten Unterkunftsblocks im Westteil des Horsts, dann wieder zu Johann.

»Wehe, ihr verreckt. Wehe, ihr verreckt.« Damit spuckte Bühler aus, zog den immer noch in sich hineinlachenden Richard mit sich und sie liefen davon.

Dreimal atmete Johann durch, ehe er merkte, wie kalt ihm geworden war.

Carl sagte: »Die können rennen, die beiden, was, Johann? Die können rennen. So schnelle Beine, Donnerwetter. Sollen wir jetzt den Film anschauen mit den anderen?«

»Ja, Quicki.« Johann atmete durch. »Du stehst jetzt mal auf. Ich helf dir, ich zieh dich hoch, hier, am Unterarm festhalten, so, genau, und dann stellen wir dich wieder auf die müden Beine. Auf drei: eins, zwei, drei, und hoch!«

Carl schien verblüfft, dass er imstande war, auf diesen Beinen Halt zu finden, er nickte ihnen anerkennend zu, dann stapfte er in Richtung des Zauns, den sie vorhin überwunden hatten.

»Carl? Falsche Richtung.«

»Falsch?«, stammelte Carl verwirrt, »aber ... Marika Rökk ...«

Und weil Johann nicht wusste, was um alles in der Welt er sonst hätte tun können, nickte er, als hätte er sich geirrt – *na klar, der Film, du gehst vor* –, und folgte Carl, bis er, einen halben Schritt hinter ihm und unmittelbar vor der Umzäunung, die Waffe in der Hand drehte, um Carls Genick ins Visier zu nehmen.

ALLES VERSTECKT. Emmys Briefe, das Tagebuch, der Bernstein. Das bisschen Papier, an dem er sich festgehalten hat all die Jahre zwischen Mittelmeer und Nordsee und zuletzt auch noch hier, im Hinterland verlorener Schlachten.

Seine Tante wird das Bündel zwischen den Ballen finden.

Wenn sie Alma und Wilhelm nicht auch abknallen, wenn sie sie in irgendeinem so unwahrscheinlichen Anflug von Gnade am Leben lassen, dann wird Alma noch einmal hier heraufkommen – vielleicht nachdem sie Johann begraben haben, verstohlen, bei Nacht, da hinten unter den Birken, wo das Grundstück etwas abfällt – und wird nachsehen, ob noch etwas liegengeblieben ist, so wie man eben durchs Zimmer geht, sobald ein Gast wieder abgereist ist.

Irgendwann, sagt sich Johann, wird Emmy ihre Briefe zurückbekommen und dazu die letzten Zeilen von ihm über das Glück, das er mit ihr gefunden, die Hoffnung, mit der er sich hier oben verkrochen, und die ungerechte Gerechtigkeit, die allem ein Ende gemacht hat, denn Johann Meinert ist nichts Besseres. Ist nur das schiefe Rechteck im Marschboden, das sein alter Onkel ausheben und auf das der Spatz vom Birkenzweig hinunterplinsen wird.

Dunkle Erde, frische Würmer, nichts Besseres.

Das Messer hält er in der Hand. Sie sollen denken, er würde sich wehren, wenn sie ihn nicht gleich erledigen, würde einen von ihnen verletzen, falls sie versuchen, ihn zu packen, um ihn aufzuknüpfen. Er will nicht baumeln, schnell soll es gehen, die MPs sollen es richten.

Wenn er die .38er noch hätte, dann hätte er dem Ganzen selbst ein Ende bereiten können. Aber die ist bei Quicki.

Die Klinge wäre allemal scharf genug für seine Pulsadern, doch etwas hält ihn davon ab. Vier Jahre war das Messer sein Brieföffner, der auch harte Äpfel durchtrennte. Etwas hält ihn zurück, und die Hand ist nicht ruhig.

Vom Nachbarhof hört er Rufe, eine Männerstimme, zu verstehen ist nichts. Ist das Clausen, Friedas Vater? Da könnte einer ebenso gut ein Tier vorwärts getrieben haben wie einen Feldjäger herbeigerufen – hierher, schnell, er ist da drüben, bei Meinerts in der Scheune ist er, schnell, bevor er noch abhaut!

Und Frieda, wird sie eine Belohnung kriegen, ein Lob vom Vater, vom Kriminalrat? Oder ist das Lohn genug, dass da einer nicht davonkommt, der sich's allzu leicht machen wollte in diesen schweren Zeiten?

Wieder und wieder wischt Johann die Klinge an der Hose ab, und durch den Spalt am großen Tor fällt Sonnenlicht auf den schlanken Stahl.

Er wird den Sommer nicht erleben, im Herbst nicht mehr da sein und im Winter nicht frieren.

Die Klinge blitzt. Erneut die entfernte Stimme, mehrfaches Rufen, und Getrappel.

Einmal wird es ja vorbei sein. Er fände es schöner, wenn man ihn dann nach Süderwisch brächte. Der winzige uralte Friedhof, schattigster Acker seiner Heimat. Wo Rudi sich nach der Einschulung den Arm aufgeschürft hat, weil er unbedingt über einen noch höheren Grabstein springen musste als Johann und Helmut, die schon rechnen konnten. Wo ihre Mutter umkehrt, wenn sie nach dem Abendessen ihre Runde dreht, wo Hottendorfs die meisten Leute unter die Erde gebracht haben und in der Kapelle in der ersten Reihe sitzen. Wo seit 1917 keiner mit fünfundzwanzig gestorben ist.

Wenn ich nicht weggelaufen wäre, grübelt Johann, oder mich besser versteckt hätte, viel besser, dann müsste meine Familie nicht an meinem Grab stehen.

Wenn wir nicht an allen verdammten Fronten zugleich hätten kämpfen müssen, wenn irgendwo ein ehrenvoller Ausweg wäre, wenn man einen Frieden hätte verhandeln können für all die unschuldigen Menschen im Reich, wenn man ein Ende hätte finden können und die Angst begraben anstelle der Menschen.

Wenn doch jetzt nur endlich die Feldpolizei käme, Frieda Clausen, dummes Ding, was hast du getan?

Johann hebt sein Messer, schleudert es mit aller Kraft und einem wilden Schrei auf das Scheunentor. Im Balken daneben bleibt es schief und federnd stecken. Keuchend verfolgt Johann die Bewegung des Schattens, den das Messer auf den grauen Boden wirft.

ZWEI

HERR KEMPE STARB WIEDER UND WIEDER.

Sie hatten die kopflose Figur, zusammengezimmert aus fünf Brettern, nach Lehrer Kempe benannt, und nun übten die drei jüngeren Meinert-Söhne das Werfen mit Johanns neuem Messer. Es war ein Geschenk seines Großvaters, dessen Namen er geerbt hatte, wie Opa Johann stramm erklärte.

Hinter dem Hühnerstall also massakrierten Johann, Rudi und Helmut einer nach dem anderen den unbeliebten Herrn Kempe, indem sie auf die schmale Lattenbrust zielten und oft einen schräg abstehenden Holzarm oder eins der fußlosen Beine trafen. Das erste Dutzend Würfe prallte ohnehin mit dem Griff oder seitlicher Klinge an der Bretterfigur ab, und sie mussten das Messer ein ums andere Mal vom Boden aufheben.

»Der muss längst verblutet sein!«, brüllte Rudi, und Helmut, der Kleinste, stellte fest, »Holz blutet nicht.«

Dann ging er zwei Schritte vor an die Helmut-Markierung, die etwas näher zum Ziel lag als die Rudi-Markierung und als die Johann-Markierung, denn die waren schon älter, größer, kräftiger.

Helmut war seit ein paar Wochen Kempes jüngstes Opfer im Unterricht, er hatte dessen unzerstörbaren Rohrstock schon kennengelernt, wie Rudi vor ihm und die Ältesten damals ebenso. In der Süderwischer Volksschule glühten die Hinterteile, wenn einer es wagte, dem Kempe auf der dicken Nase herumzutanzen.

An diesem Nachmittag zahlten sie es dem Lehrer heim oder taten zumindest so.

»Wenn das Ding eine dicke Nase hätte, ich würd jedes Mal den Kopf treffen«, behauptete Rudi großspurig und schleuderte das Messer weit an Holz-Kempe vorbei gegen die Rückseite des Schuppens, worauf Helmut erwiderte, er wolle von nun an lieber auf den Arm zielen, mit dem der Lehrer ihn immer so herzhaft versohle.

»Der Kempe ist aber kein Linkshänder, Kleiner«, kommentierte Johann den anschließenden Wurf.

»Wenn wir jeder ein Messer hätten, das wär klasse!«

»Nichts da, Rudi«, sagte Johann, »ihr bringt noch Omas Hühner um, so weit, wie ihr daneben werft. Ihr übt, wenn ich's erlaube und dabei bin, ansonsten ist das Messer für euch tabu, kapiert?«

Natürlich, brummte Rudi eingeschüchtert, er habe kapiert, und vergaß schon bald darauf das Verbot, als eines Nachmittags keiner der beiden Älteren daheim war und Johanns Messer nicht gut genug versteckt, um vor Rudi sicher zu sein. Irgendwie schaffte der es, den sechsjährigen Helmut zu überzeugen, dass es letztlich zwecklos sei und zudem auf Dauer langweilig, den zusammengenagelten und gar nicht echten Lehrer Kempe zu durchbohren – viel spannender dagegen, wenn einer von ihnen sich mit ausgebreiteten Armen an den Hühnerstall stelle und der andere genau neben ihn ziele.

»Daneben zielen?«, fragte Helmut. »Absichtlich nicht treffen?«

»Ganz genau.« Rudi war begeistert von seiner Idee. »Haarscharf daneben, je knapper, desto besser.«

»Hm.« Helmut zuckte die Achseln. »Meinetwegen.«

»Du zuerst«, sagte Rudi und zeigte auf die Stallwand.

»Muss aber vorher pinkeln«, sagte Helmut, und das war sein Glück, denn während er noch den Latz seiner kurzen Hose sortierte und sich dann mit skeptischer Miene wie angewiesen postierte, schaffte Rudi es zwar, weit auszuholen, doch plötzlich wurde sein Arm so nach unten gerissen, dass das Messer zu Boden fiel, und als Rudi den Schreck verwunden hatte und sich umdrehte, sah er sich seinen wutschnaubenden älteren Brüdern gegenüber.

»Du oder ich?«, fragte Johann, ohne Friedrich anzusehen.

»Ich«, sagte Friedrich und landete eine gellende Ohrfeige in Rudis verblüfftes Gesicht.

An Johann gewandt sagte er: »Du müsstest die nächste kriegen, weil du das verdammte Messer nicht anständig versteckt hast.«

Johann nickte schuldbewusst, Rudi befühlte winselnd seine Wange, und Helmut teilte mit:

»Ich hatte gar keine Angst. Können wir jetzt wieder auf Kempe werfen?«

HAST DU ANGST BEKOMMEN, FELDWEBEL?

Frieda ist zurück, allein, ihre schmale Gestalt steht auf der Schwelle.

Kein Wort bringt Johann heraus. Er hat die Luft angehalten.

Als Frieda die Scheune betritt, bemerkt sie das Messer im Stützbalken.

»Hast du Messerwerfen geübt?«

»Was?«

Johanns Mund ist trocken, er schnappt nach Luft, als hätte er das Messer ein Dutzend Mal geworfen und wieder aus dem alten Holz gezogen.

»Wie ... wie soll man denn keine Angst haben, was fragst du da? Und warum bist du allein, wo ist dein Vater?«

Sie stellt sich auf die Zehenspitzen, um das Messer aus der Nähe betrachten zu können. Leicht tippt sie dagegen, es federt, und sie beobachtet es geduldig, wie man die Reaktionen eines Tieres studiert, das man zum ersten Mal gefüttert hat, bis Johanns zischende Stimme sie aus den Gedanken reißt.

»Frieda!«

Ohne den Block vom Messer abzuwenden, sagt sie leise:

»Ich hab dich nicht verraten, Johann Meinert.«

Hat sie ein *noch nicht* hinzugefügt, oder hat er das nur in seinem Kopf gehört? Alles scheint sich zu drehen, irgendwer muss ihm befohlen haben, reglos zu verharren bis auf weiteres Kommando, seine Oberschenkel brennen wie nach endlosem Appell.

Warum schließt sie das Tor nicht? Weil sie nicht allein ist, natürlich. Sie hat die Kettenhunde hergeführt, ich zeig euch, wo er steckt, hat sie bestimmt gesagt, ich führ euch hin, dann schnappt ihr ihn. Oder ist sie der Köder? Wie er's auch dreht, er weiß, er sitzt in der Falle, er weiß, gleich kommen die, die das Mädchen vorgeschickt haben, um ihn zu täuschen, ihn in einer letzten Sicherheit zu wiegen, aus seinem Versteck herunterzulocken und ins Licht, wo er ein leichtes Opfer ist. Jeden Moment stürmen sie aus der Deckung vorbei an ihr, die so mädchenhaft, so unschuldig tut, gleich hüpft das Fräulein Clausen zur Seite, und dann fallen sie über ihn her, und er hat keine Waffe, und schießen werden sie nicht, sie wollen ihn nämlich an den größten Baum –

»He! Mädchen, was machst du da? Was machst du?«

»Na, ich versuche, das Messer rauszuziehen.«

Johann schnauft, sein Blick huscht zum Ausgang, noch ist niemand zu sehen.

»Das Ding ist scharf, Frieda.«

Mit einem entschlossenen Ruck holt sie die Klinge aus dem Gebälk.

»Dann sei besser vorsichtig damit. Dass niemand verletzt wird.«

DUMPF UND ÜBERRASCHT klang Carls Schmerzenslaut, als ihn der Revolverknauf im Nacken traf und außer Gefecht setzte.

Sofort tauchte Johann seitlich unter Carl hindurch, um ihn noch im Zusammensinken abfangen, um ihn schultern zu können. Es gelang, es tat weh, es war höllisch schwer, sich weit genug aufzurichten, die Gegenrichtung mit kurzen Schritten einzuschlagen, doch er schaffte es, denn er wusste nur, er musste schneller sein als dieser Spielfilm dort, den sie verpassten, musste ums Verrecken den Stabsgefreiten Schenk jetzt ohne weitere Verzögerung von Marika Rökk wegschaffen.

Gegen dessen benebelten Willen würde er Carl in Sicherheit bringen – wenn dieses flache Land mit seinen kahlen Märzfeldern die Bezeichnung denn verdiente. Meter um Meter, solange seine Muskeln nicht schlappmachten und der Junge nicht wieder zu sich kam, würde er ihn Richtung Harsefeld und durch die Barger Heide schleifen. An der R 73 würden ihre Wege sich endgültig trennen, er müsste Carl Richtung Elbufer schubsen, und irgendwo würde sich ein oller Kahn finden, noch dicht genug, um ihn über den Fluss zu tragen.

Johann biss die Zähne zusammen, wich Stolperfallen aus, umklammerte Carls Ellbogen links, das Kniegelenk rechts und hoffte inständig, dass der schmächtige Kerl leidlich bei Verstand wäre, wenn er wieder zu Bewusstsein käme.

Du kannst aufwachen, Quicki, dachte er, du kannst zappeln und schimpfen, aber zurück kannst du nicht.

Johann wollte die Waffe nicht noch einmal benutzen müssen.

DAS WAREN DIE RADIESCHEN.

Johann hatte zwei Hände voll noch eilig aus der Küche mitgehen lassen, als ihr Koch gerade draußen rauchte, und nun zerteilt er sie wie ein Chirurg, bemüht, jedes Zittern und Abrutschen zu vermeiden. Er platziert auf dem Taschentuch, das er auf dem Heuballen zwischen sich und Frieda ausgebreitet hat, akkurate Radieschenviertel. Sie nimmt immer zwei und klemmt sie zwischen den Schneidezähnen ein, ehe sie zubeißt, kaut, schluckt und redet.

Vom BDM-Nachmittag erzählt sie und von ihrer besten Freundin, von der Marmelade, die sie und ihre Mutter letzten Herbst eingekocht und von der sie nur sparsam gegessen haben. In der Schule sei sie beim Laufen nie die Beste gewesen, aber im Rechnen sogar den Jungs überlegen, und vom Bauern Fredebohm auf der anderen Seite der Straße soll der Sohn ein Kommunist sein in Leipzig.

Warum sie zurückgekommen sei ohne ihren Vater, hat Johann sie stockend gefragt, was für ein Spiel sie da spiele, warum sie ihn nicht verraten habe.

»Ans Messer geliefert, meinst du?«, und sie schien wahrhaftig mit ihm gemeinsam lachen zu wollen über diese Worte, doch er schüttelte nur den Kopf, und da hat sie geantwortet: »Mein Vater hat viel zu tun. Willst du den Mund nicht wieder zumachen?«

Was er von diesem Mädchen halten soll, weiß er nicht, weil sie mal wie achtzehn, dann wieder wie acht wirkt. Aber wie man langsam durch eine Knolle schneidet, das weiß er, und so legt er Stück um Stück ab und beobachtet Frieda von der Seite beim Essen und hört ihr zu, wie sie das neue Kalb von Fredebohms beschreibt und die Luftschutzübung in der Schule, weil dem Direktor beim Verdunkeln die Hosennaht gerissen ist.

Schweigend lässt Johann sie kauen und erzählen, bis sie sich plötzlich unterbricht, um mit dem Nagel des kleinen Fingers einen Rest Fruchtfleisch aus der Zahnlücke zu befreien. Sobald alles aufgegessen ist, sagt Johann:

»Und dein Vater hat also viel zu tun?«

Aus ihrem Gesicht spricht eine leise Enttäuschung, fast so, als habe sie gehofft, ihre Geschichten würden Johann derart gut gefallen, dass sie ihn ablenken von der albernen Drohung mit dem Vater.

»Na ja, im März«, sagt Frieda schließlich, »die Kartoffeln, die Rüben …«

»Natürlich. Da habt ihr immer viel zu tun.«

»Die Ackerbohnen«, sagt sie, »und der Hafer.«

»Du wolltest ihn nicht anlügen, hast du gesagt.«

»Ja.«

»Du hast gar nicht mit ihm gesprochen?«

Kerzengerade setzt sie sich auf.

»Falls er mich fragt, ob bei Meinerts ein Wehrmachtsdeserteur in der Scheune schläft, weil der Krieg noch nicht vorbei ist, dann sage ich ja. Der schläft da. Und wirft mit seinem Messer Löcher in die Balken, weil der Krieg noch nicht vorbei ist. Aber nur, falls er mich fragt.«

Johann legt das Taschentuch zusammen, einmal, zweimal, ein drittes Mal.

»Danke, Frieda.«

»Danke für die Radieschen, Feldwebel.«

Er schmunzelt, dann sagt er:

»Ich habe auch einen Bruder verloren, weißt du? Friedrich, Fritz, ein Jahr älter als ich, wir wissen nicht, wo er ist. Ostfront.«

Frieda schaut weg und nickt nur.

»Rudi und Helmut sind auch an der Front. Die sind jünger.«

Wieder ein Nicken.

»Und ich hoffe, dass dein anderer Bruder, dass der gesund heimkommt. Benno, ja?«

»Bruno.«

»Bruno. Ich hoffe, er schafft's. Ganz bestimmt wird er's schaffen. Es müssen doch vom deutschen Volk noch junge Männer übrig bleiben, hm? Für die Zeit danach, für die Rüben und die Äcker und … dass wir alle neu anfangen können.«

»Sie werden uns alles wegnehmen, sagt mein Vater. Und dass er keinen Engländer auf unsern Hof lässt. Aber die Russen wären noch schlimmer, wenn die Russen bis Engelschoff kommen, hat er gesagt, dann soll ich mit Mutti … weg.«

»Weg? Wohin weg?«

Sie zuckt die Achseln.

»Vielleicht leihe ich mir dann dein Messer. Wenn die wirklich kommen.«

Johann schluckt.

»Ihr werdet weiße Tücher brauchen und wir alle mächtig Dusel.«

Nach fünf stillen Sekunden klappert und stampft und schimpft es plötzlich vor dem Tor, und als sie die gedämpfte Stimme hören, steht Alma Meinert auch schon in der Scheune. In der Sekunde, in der sie dort am Fuß der Leiter die beiden erblickt, die vom Ballen aufgesprungen sind, lässt Alma beinahe ein zweites Mal den Henkeltopf fallen.

»Frieda! Teufel auch!«

»Tag, Tante Alma. Ich hab eurem Johann das Gemüse weggefuttert.«

JOHANN SCHLIEF SCHLECHT nach Nachtflügen. Ein paar Stunden hin und her gewälzt bis zum Appell und dann gerädert durch den Tag.

Manchmal galt sein erster Gedanke vor dem Augenöffnen dem Bankdirektor, den Münzrollen und Geldbündeln am frühen Morgen, und er fragte sich, ob die wohl ihren Geruch behielten, bis er wiederkäme, um wie üblich seine Krawatte festzuziehen, noch einmal mit etwas Spucke die Schuhspitzen zu wienern und dem ersten Kunden die Tür aufzuschließen; ob das noble Gebäude noch da wäre, die Kontenblätter, die geflickte Hängeregistratur?

Oder ob er nie mehr einen anderen Beruf haben würde, als Soldat zu sein, der aufwacht, um Soldat zu sein.

Am Ende eines Kasernentages, der aus wenig anderem als Vorfreude auf dessen Ende und eine bessere Nacht bestanden hatte, eine Nacht ohne einen Einsatz, hielt aus Dortmund-Brackel zumindest für ein paar Minuten eine Telefonverbindung nach Süderwisch.

»Emmy? Emmy, kannst du ein bisschen lauter sprechen?«

»Ist es jetzt besser, Hans?«

»Ja, besser. Also, was gibt es bei euch, sind alle wohlauf?«

»Hans ...« Ein Schluchzen, ein Knistern. »Mein Vater ... Ihm ist das Herz stehengeblieben, gestern Abend im Sessel. Wir wollen ihn nächste Woche beerdigen.«

»Oh, Emmy.«

»Kannst du kommen, Hans, kannst du schon am Wochenende kommen?«

»Emmy, das wird auf gar keinen ... – ich werde hier nicht ... – Hallo?«

»Jetzt ist es wieder ganz schlecht, was hast du gesagt? Kannst du zur Beerdigung hier sein?«

Mehrmals knackte es in der Leitung.

»Am Dienstag spätestens?«

»Ich habe gesagt, ich –«

»Was? Wenn du bis Dienstag ankommst, können – … mit Sonderurlaub? … ja?«

»Emmy, hör zu, ich muss Schluss machen, wir haben Alarm, aber ich rufe dich wieder an, ja? Hallo? Ich habe gesagt, ich rufe wieder an, wenn es –«

An dem Novembermittwoch, als der Leichnam von Albert Blohm in die Süderwischer Erde versenkt wurde, im Schneeregen, war sein Schwiegersohn Johann Meinert nicht dabei, und über Dortmund gingen mehr als 900 000 Kilo Bombenlast nieder, im Schneeregen.

Niemand schlief, noch nicht einmal schlecht.

TANTE ALMA STEHT LIEBER auf ihren kurzen Beinen. Sie kommt so schwer wieder hoch, wenn sie sich auf den niedrigen Ballen setzt. Also bleibt sie, Henkeltopf und eine Decke in den Händen, vor Frieda und Johann stehen und schaut zwischen beiden hin und her.

Frieda sagt: »Ich wollte sowieso gerade wieder rüber, Tante Alma.«

»Frieda, Mädchen, hör mir zu.«

»Ich weiß schon.«

»Gar nichts weißt du.«

»Tante Alma ...«, sagt Johann, doch sie unterbricht ihn: »Nimm mal das hier. Für heute Abend.«

»Aber ich hab doch eine Decke.«

»Die Tage wird's wieder kälter, auf Willys Ischias kann man sich verlassen.«

Frieda kichert, bis ein scharfer Blick von Alma sie trifft.

»Du bist ein großes Mädchen«, sagt Alma seufzend, »und klug bist du auch.«

»Gibt Leute, die sagen, ich wär schon ein Fräulein, Tante Alma.«

»Und ein bisschen vorlaut, aber das lassen wir heute mal beiseite.«

Wieder seufzt sie, und Johann sagt: »Jetzt setz dich doch mal.«

Alma hebt abwehrend die Hand: »Ich will nur dem jungen Fräulein eben sagen, dass ...«

Sie stockt und steht dort wie jemand, der auf freiem Feld auf den ersten Blitz des Gewitters wartet.

»Na, du bist schon groß«, wendet sie sich schließlich an Frieda, »aber noch ein paar Tage jünger als ich, und du sollst wissen, dass es nicht schlecht sein muss für eine Frau – auch für später, wenn du erst mal einen Mann hast und was so dazugehört –, dass man was für sich behalten kann. Wenn man nicht alles erzählt, was man gehört oder gesehen hat.«

Friedas Stiefelspitze scharrt über den Boden. »Mein Vater ist –«

»Was ist er? Was ist mit Clausen?«

Frieda schüttelt den Kopf.

»Gesagt hab ich ihm nix. Und Mutti auch nicht. Keiner weiß was.«

Johann bemerkt, wie Alma die Schultern ein wenig fallen lässt.

»Das ist doch gut, Mädchen. Ist doch gut so, was? Keiner muss alles wissen, sag ich immer. Oder? Ach, wenn alle immer alles wüssten, das wär nichts, glaub mir.«

Sie tätschelt Frieda den Oberarm, und die nickt, als sei alles gesagt, doch dann mit einem Mal schüttelt sie Almas Hand ab und platzt heraus:

»Bloß ein bisschen Angst gemacht hab ich dem Johann!«

In Friedas Augenwinkeln sieht Johann Tränen, als sie brüchig weiterspricht, ohne ihn anzuschauen.

»Nur dass er's weiß. Wegen der verfluchten Angst nämlich. Dass er die nicht für sich gepachtet hat.«

Sie sinkt auf die Knie und hält sich den Ärmel ihrer Jacke vors Gesicht. Johann wartet einen Moment, bevor er sich neben sie hockt, und noch einen, ehe er eine Hand auf ihre Schulter legt.

»Ach Mädchen«, sagt Tante Alma, »du musst doch nicht im Dreck hocken, das macht doch keinen Bruder wieder lebendig, wenn du dir die Knie aufscheuerst. Na, komm, musst doch nicht.«

Johann sieht zu Alma hinauf.

»Danke für das Essen und die Decke, Tante. Und grüß den Onkel. Es ist alles in bester Ordnung. Bis morgen.«

Doch Alma, zögerlich, unruhig, macht nur eine schroffe Kopfbewegung, sie bleibt, stemmt die Hände in die Hüften.

»Hör mal, Frieda«, sagt sie, »als du noch gar nicht auf der

Welt warst, da haben Rolf und Bruno mal bei uns hinten gespielt, bei der schiefen Eiche, weißt du, wo der Graben anfängt. Das war nicht so ein Frühling wie dieses Jahr, geschüttet hat's, tagelang, die Felder unter Wasser, die Gräben randvoll, aber für deine Brüder konnte es nicht matschig genug sein.«

Sie macht eine Pause, als sie bemerkt, dass Frieda den Kopf wieder hebt und mit roten Wangen vor sich hin starrt.

»Na ja, irgendwie kam der Große wohl auf die Idee, sie müssten einen Wettkampf draus machen, wer länger in dem Dreckwasser die Luft anhalten kann. Aufm Bauch an der Böschung, Gesicht nach unten in die Brühe, kannste dir ja vorstellen, Jungs eben, nichts wie Blödsinn im Kopf. Natürlich will der Rolf auf keinen Fall verlieren gegen seinen Bruder und hält richtig lange durch, aber wie er wieder auftaucht, hat Bruno den Kopp noch immer unter Wasser. Hat wohl noch mal 'ne halbe Minute gedauert, bis er gemerkt hat, dass der Kleine gar nicht mehr die Luft anhält.«

Frieda schwankt ganz kurz, als würde sie im Knien zur Seite kippen, Johanns Hand hält sie aufrecht.

»In dem Moment, als Rolf ihn ausm Graben zieht, ist Bruno also nicht mehr bei Bewusstsein, und, ganz ehrlich, Frieda, wenn nicht in dem Augenblick der Wilhelm da vorbeigeht, dann ... mein Gott. Zum Glück, muss man sagen, war er ja bei den Sanitätern gewesen, in Flandern damals.«

Ganz tief atmet Alma ein, ehe sie fortfährt.

»Der hat deinen Bruder praktisch zurückgeholt, der Willy, und Rolf, ach je, der hat geheult, dass der Graben fast übergelaufen wär, und hatte richtig Schiss vor eurem Vater, dass der ihn von hier bis Himmelpforten prügelt für diesen Leichtsinn.«

Aus ihren verquollenen Augen schaut Frieda zu Alma, dann zu Johann, der rasch seine Hand von ihrer Schulter nimmt, sie richtet sich auf, schnieft und sagt:

»Die Geschichte kenne ich gar nicht.«

»Ja, weil keine Geschichte draus geworden ist!«, entgegnet Alma. »Weil Clausen das eben nie erfahren hat, weil nämlich mein Wilhelm die zwei Rabauken zu euch rübergebracht hat und sich bei deiner Mutter entschuldigt, wo die doch aussahen wie die Schweine! Ihm wär eine von unseren Rotbunten ausgebüxt, hat er behauptet, und Rolf und Bruno wollten helfen, sie wieder einzufangen, und sind dabei in den Graben gerutscht und so weiter. So dass es eben glaubhaft klang und die dämliche Mutprobe nicht rauskam.«

»Onkel Wilhelm hat meine Eltern angelogen?«

»Deine Mutter. Clausen war beim Preisskat.«

Sie wiegt den Kopf hin und her.

»Strenggenommen, denk ich immer, ist das ja keine Lüge, weil« – sie sucht nach einem guten Ende –, »also, immerhin haben deine Brüder was fürs Leben gelernt, das kann man sagen.«

»Fürs Leben, Tante Alma?«, sagt Johann, und sie will noch etwas ergänzen, doch da bekommt Frieda einen Hustenanfall, als hätte sie raue Tränen verschluckt, und als sie wieder sprechen kann, bittet sie Johann um sein Taschentuch.

Er faltet es für sie auseinander, während seine Tante mit kurzen Schritten zum Tor geht. Von dort sagt Alma, so leise, als solle es besser niemand hören, nicht einmal sie selbst:

»Danke, Mädchen. Danke dir. Gutes Kind, Düvel ook.«

WARUM NICHT FELIX? Oder Valerie, statt Horst oder Helga?

Während die Rückenlehne des Klappstuhls in der letzten Reihe sich mit jeder Minute der Filmvorführung tiefer in seine Wirbelsäule drückte, dachte Johann an diesem Oktoberabend über Namen für die Kinder nach, die er und Emmy einmal haben würden. Wie viele er sich wohl würde überlegen müssen? Zwei oder vier oder mehr?

Die Schauspielerin, die in dem Film eine Schauspielerin spielte, hieß Charlott, so recht elegant ohne e, und spielte eine Valerie. Einen Felix gab es noch und eine Mizzi. Und Dr. Krautstössl, ganz ohne Vornamen. Hilde hatte zwar auch keinen schlechten Klang, aber eine Kuh, die er kannte, hieß schon so, in Hottendorfs Stall, wenn sie denn noch lebte.

Von Emmy hatte Johann Nachricht erhalten, dass seine Mutter die Angina überstanden und ihr Vater sich Ende des Monats beim Volkssturm zu melden habe, dabei wurde er schon sechzig im November. Nun sitze er Abend für Abend in seinem Sessel, schrieb Emmy, und mache Skizzen von Panzersperren aus Schrott und Holz und von Traktoren an der Abzweigung Schmeelweg nach Süderwisch, und wenn die Mutter ihm irgendwann das Papier wegnehme und seine dampfende Tasse hinstelle, schlürfe der Vater seinen Tee, stiere gegen die dunkle Fensterscheibe und zerbeiße grummelnd den Kandis.

Johann verlagerte die Sitzposition.

Käthe und Werner waren laut Filmtitel zwei glückliche Menschen, das schien ihm ein gutes Omen für die Namenswahl. Magda und Wolf hießen die Darsteller. Magda? Johann ergänzte Magda auf der Liste in seinem Kopf, weil er nach einem Jungen gern noch ein Mädchen hätte und dann wieder einen Jungen. Dr. Krautstössl wurde von einem Oskar Sima gespielt, und auch Oskar gefiel ihm recht gut.

Im Saal der Kommandantur ging unerwartet das Licht an, während der Projektor hinter Johann noch surrte, und gleich darauf blinzelte er mit hundert anderen dem Oberst entgegen, der vor sie getreten war, um ihnen die traurige Mitteilung zu machen, dass Generalfeldmarschall Rommel die Folgen seines Autounfalls nicht überlebt habe. Er zitierte den Tagesbefehl des Führers, Johann hörte etwas von hervorragender Tapferkeit und unerschrockenem Draufgängertum und dachte:

Erst Felix, dann Magda Schrägstrich Valerie und danach Oskar, das würde mir gefallen.

»WER SIND DENN DIESE LEUTE?«

Fragend hält Frieda das Blatt hoch.

»Felix, Valerie, Magda, Oskar?«

»Gib das her.«

Johann streckt die Hand aus.

»Sind das auch Deserteure? Und ihre Frauen? Oder ist das ein geheimer Code? Oder nein, ich weiß, das sind die Freunde, an die du Abschiedsbriefe schreiben wolltest.«

»Du hast zu viel Fantasie, Frieda Clausen.«

»Kann man gar nicht zu viel haben.«

»Sagt wer?«

»Sagt Frieda Clausen!«

Johann muss lachen, nimmt ihr sachte das Papier ab und fährt mit dem Finger über die Namen wie über Orte auf einer Landkarte, an denen er noch nicht war und die ihm immer viel zu weit entfernt erschienen.

Felix, Valerie, Magda, Oskar … F wie Fritz, V wie Viktor, Marie, Otto – zum ersten Mal seit Tagen denkt Johann wieder im Funkalphabet, denkt an das Funkfeuer und all die blinden Sekunden an Bord, hört wieder Richards gepresste Stimme: Wohin, Johann, wohin, komm schon, Junge, der Kurs, was ist jetzt mit den Koordinaten, du musst dem Hauptmann sagen, wohin, sonst gehen wir hier drauf!

Wohin, Johann.

Nicht weit von hier, unter dem Himmel, den du tausend Mal durchflogen hast, wartet Emmy mit Felix oder Valerie Magda Oskar, wartet mit nichtsahnendem Gebrüll das Leben, das noch nichts vom Sterben weiß. Wie lange noch.

»Johann?«, sagt Frieda, »träumst du denn?«

Er nickt.

»Wovon?«

»Ach, nichts.« Vom Träumen, was sonst.

ALS DIE LEINWAND in der Baracke längst dunkel sein musste und ihr Wachposten seit Stunden verwaist war; als Johann die Richtung nur noch vage hätte zeigen können, wo er Carl Schenk zuletzt gesehen hatte, noch am Leben; als man kaum ein Tier hörte und nichts mehr ausmachen konnte im Finstern, da eilte und hechelte Johann, schniefend vor Kälte, vorwärts über die Felder, In der Nacht ist der Mensch nicht gern alleine, erreichte schließlich das Wasserkruger Moor, konnte nur noch humpeln – doch humpelnd kam er an, eine Stunde vor Mitternacht, die Blechflasche baumelte vor der Jacke, und aus der Nase lief es ihm auf die Lippe.

Da war die Auffahrt, jetzt nur noch drei Dutzend Pfützen bis zur Haustür. Er würde seinen Verwandten den Schreck ihres Lebens einjagen und konnte nur hoffen, dass er sich nicht in ihnen täuschte, dass sie ihn nicht voller Angst wieder wegschickten.

Hundertneunundneunzig klamme Minuten von Stade nach Engelschoff marschiert, das Marschieren war er nicht gewohnt, und das linke Bein sang eine ganz eigene Melodie.

Endlich, lieber Gott, endlich, endlich, endlich.

DER WIND RIECHT NACH APRIL.

Zwei Heuballen hat Johann aus der Scheune geschleift, einen für Frieda, einen für sich, hier sieht sie niemand, nicht um diese Zeit, es dämmert ja schon. Kein Bauer ist mehr auf den angrenzenden Feldern, sie sind alle in den Wohnstuben und pusten in ihren Grog.

»Weißt du«, fragt er, »dass heute Heldengedenktag ist?«

Frieda verknotet seit einer halben Stunde trockene Halme, die sie aus dem Ballen zieht, zu einer langen Schnur.

»Der Tierarzt ist ein Held, sagt Vati, der hat uns dieses Jahr schon zwei Kälber gerettet und die Stute.«

»Gibt vielleicht gar keine richtigen Helden mehr«, sagt Johann. »Wobei, Kommodore Lent, das war ein Flieger, meine Herren. So viele Luftsiege in der Nacht, das kann man kaum glauben, und sogar sein Funker hat das Ritterkreuz gekriegt, stell dir vor!«

»Und sind die auch in Stade, diese Helden?«, fragt Frieda. »So wie du?«

»Auf dem Garnisonsfriedhof.«

Johann räuspert sich.

»Gibt vielleicht wirklich gar keine richtigen Helden mehr. Wir haben ihn bewundert, weißt du, aber tot ist er trotzdem.«

Wieder pfeift der Wind um die Ecke der Scheune, und Frieda zieht ihr Kopftuch enger.

»Unsere Stute«, erzählt sie, »wär fast draufgegangen, wie das Kleine kam neulich. Da hab ich geheult, das kann man ruhig zugeben. Ich darf immer unseren Kälbern Namen geben und den Fohlen auch. Die jungen Katzen leben nicht lang genug, das lohnt sich nicht.«

»Die haben wir auch immer ersäuft«, sagt Johann, »meistens Fritz und Rudi, die haben das gemacht.«

»Vielleicht stirbt man nicht so leicht, wenn man schon einen Namen gekriegt hat für sein Leben.«

»Bei uns in Süderwisch wird ständig irgendwer getauft.«

Frieda gähnt. »Sind trotzdem viele Katzen auf der Welt.«

»Dabei könnten wir welche gebrauchen«, sagt Johann. »Helden, meine ich, Zivilisten. Wie euren Tierarzt oder wie Maurer und Zimmerleute, weißt du, die alles wieder aufbauen. Menschen, die was planen und anpacken. Es muss ja alles neu werden eines Tages.«

Frieda greift noch einen Halm und sieht Johann an.

»Helden für den Frieden, meinst du?«

»Ja, genau!«

»Du könntest Maurer werden, Johann.«

»Ich? Wieso das?«

»Na, was glaubst du, was machen denn alle Leute, wenn's vorbei ist mit dem Krieg? Zur Bank rennen?«

»Es muss doch Geldgeschäfte geben, es müssen doch Vermögen verwaltet werden und angelegt, jeder spart doch wieder und so weiter. Also, Bankkaufmann, so was wird auch in Zukunft immer gebraucht.«

Sie kneift ein Auge zu und betrachtet ihre Heuknoten.

»Du weißt ja so einiges über die Zukunft, Feldwebel.«

»Kannst du mich nicht mehr Feldwebel nennen.«

»Jawohl, Herr Bankdirektor.«

Er bemerkt ihr Grinsen, lehnt sich zur Seite, um sie mit dem Zeigefinger zu piksen, verliert aber das Gleichgewicht, als sie kichernd ausweicht, und rutscht beinahe vom Ballen, sein Kopf auf ihrer Rockfalte.

»Dachdecker wirst du mal besser nicht, Herr Bankdirektor.«

»Irgendwann verrate ich deinen Eltern, was für ein ungezogenes Ding du bist.«

»Ganz sicher, Johann?«

Sie beugt sich vor, sie schauen sich über einen halben Meter hinweg an, jetzt öffnet er den Mund, weil etwas pocht in seinem Kopf, doch er sagt nichts. Sie hebt fragend die Achseln, er presst die Lippen aufeinander, als hätte er sich auf die Zunge gebissen.

Johann rappelt sich wieder hoch. Frieda hat die Heuschnur dreifach gelegt und eine Art Haarreif daraus gemacht. Sie steht auf, um ihn Johann wie eine Krone aufzusetzen, Frieda ist so viel kleiner, dass ihre durchgestreckten Unterarme seine Wangen streifen.

»Ich …«, sagt Johann, »danke, ich bin verheiratet.«

Sie stutzt.

»Na, herzlichen Glückwunsch.«

»Aber dich kann ich gut leiden, und ich bin dir was schuldig.«

Johann steht ganz steif, damit das Diadem aus getrocknetem Gras nicht verrutscht.

»Das weiß ich doch.«

Friedas Blick weicht seinem aus.

»Ich weiß das.«

»Ich glaube«, sagt Johann nach einer Weile und deutet mit dem Finger auf seinen Scheitel, »das steht mir nicht, oder?«

»Stimmt«, Frieda lacht, »jetzt muss ich aber rüber. Einen schönen Heldengedenkabend wünsche ich.«

Johann schaut ihr nach, wie sie schlendert, ohne sich noch einmal umzudrehen, wie sie plötzlich zu laufen beginnt, bis sie hinter den Eichen verschwunden ist. Dann setzt er sich wieder und schließt die Augen, um noch ein wenig zu dösen, bis seine Tante kommt, um Neuigkeiten zu bringen und was sie vom Abendessen entbehren können.

Eine halbe Stunde mag vergangen sein, er ist wohl eingenickt, da spürt er ein Frösteln auf den Unterarmen.

Johann hört die Maschinen, bevor er sie sehen kann. Mitchells, Marauders, eine Armada von Bombern. Zuckende Schatten über Wolkenlücken, und es sind entsetzlich viele.

NACH EIN PAAR TAGEN hat er sich an die euterwarme Milch gewöhnt, die Tante Alma ihm bringt. Er fühlt sich kräftiger, alles außer dem vermaledeiten Knie könnte losmarschieren. Heimwärts, ums Verrecken, seine Sehnsucht ist so ungeduldig.

»Und wenn ich mich nachts traue, Tante Alma, wenn ich Schleichwege nehme?«

»Gar nichts nimmst du, mein Junge«, hat sie gesagt. »So weit gekommen und willst dich mit dem nackten Hintern auf den Ofen setzen? Da wird nichts draus. Sei doch bloß froh, wenn die kleine Clausen dichthält. Dankbar muss man doch sein dafür, wenn sonst schon alle Welt verrückt ist.«

Johann gibt zu, dass er den Atem anhalten musste, als Alma für Frieda das Lügenmärchen von Wilhelm, dem Sanitäter an der Marne, auftischte, der doch in Wahrheit in Holland als Spieß bei den Kavalleristen gedient hatte.

»Wahrheit«, raunzt Tante Alma. Sie habe nun mal ums Verrecken nicht gewusst, wie man dieses wilde Mädchen zur Räson bringt.

Johann nickt. »Ich glaube, Frieda hält dicht.«

»Warum?«, fragt Alma.

»Warum hat sie dir die Geschichte mit Onkel Wilhelms Wiederbelebung abgekauft?«

Sie klatscht in die Hände. »Wie auch immer – du hältst die Füße still. Hörst du? Du bleibst.«

Aber Emmy, denkt er, Emmy. Wir haben vielleicht jetzt schon einen Sohn, zwei Tage alt oder vier, und sie weiß nicht einmal, dass ich in Sicherheit bin, und wie nah, wie nah!

Bestimmt haben sie zu Hause längst von irgendwem erfahren, dass der Flugplatz angegriffen worden ist, viel schwerer als je zuvor, und seitdem nichts aus Stade gehört von ihrem Johann. Er wüsste nicht zu sagen, ob die gewisse Angst die schlimmere ist oder die ungewisse. Ob Emmy immer noch steif und fest dran glaubt, dass keine Neuigkeiten gute Neuigkeiten sind?

Gleich muss er ihr schreiben, eine lebendige Zeile nur – was, wenn er nicht schreibt, was muss sie denken, wenn tagelang kein Anruf oder Brief kommt, wochenlang?

Er könnte ja nachrechnen, wie viele Wochen dieser Krieg schon gedauert hat, bis auf den Tag könnte er den Krieg durchzählen. Für einen Frieden gibt's noch keine Zeitrechnung. Nichts als Gerüchte, Vermutungen, nur Glaube, in Hoffnung getunkt. Dass er eines Tages gefahrlos diesen Hof verlassen kann. Eines lachhaft fernen Tages, verdammt. Ebenso gut kann er jetzt gleich fliehen, er will das Warten nicht ertragen um jeden Preis.

Die Tante kann jeden Gedanken hinter den Heuabdrücken auf seiner Stirn lesen und schüttelt den Kopf, die Lippen zusammengepresst, erst schnell, dann langsamer. Als wolle sie ihn hypnotisieren, damit er zu Boden sänke, in Schlaf fiele und den Irrsinn vergäße; dass er ihr nicht wegliefe zu seiner Braut aus lauter Liebe oder Leichtsinn oder was immer seinen Beinen die Kraft gäbe, sich durchzuschlagen bis Süderwisch. Fünfzig viel zu lange Kilometer.

»Das ist ein Tagesmarsch, Junge«, sagt Alma. »Mensch. Selbst wenn du tausend Kühen begegnest und nur einem einzigen ... Du musst dich jetzt mal gedulden. Dein Onkel und ich riskieren doch für dich nicht Kopf und Kragen, damit du auf den letzten Metern so einen Mist baust. Und wenn«, sagt sie etwas ruhiger, »und wenn das Kleine schon geboren ist, dann läuft es ja nicht weg.«

»Ich weiß –«

»Wilhelm sagt, Berlin fällt noch vor Ostern, er hat das Bild schon zweimal von der Küchenwand genommen. Düvel ook, ich häng es wieder auf. Heut Abend gibt's Sauerkraut.«

Damit dreht sie sich um, streckt im Weggehen den Arm aus und gibt Johanns Ellbogen einen Klaps, als habe der Junge wieder mal Unfug angestellt, aber von der harmlosen Sorte, die

Katze am Schwanz festgehalten und das Streichholz dann doch wieder ausgepustet.

»Tante Alma?«, ruft er ihr nach. »Papier! Habt ihr ein bisschen Papier übrig?«

DREI

DIE NORDSEE WARF SICH ANS UFER, um Johann am ersten Junitag 1941 zu begrüßen, Mann von der Küste, keine zwei Flugstunden fern der Heimat, das gleiche Wasser.

Er bückte sich alle paar Meter, um aus dem frühsommerwarmen Sand von Jütland einen ganz besonderen Stein zu klauben: kokardengroß, poliert an der Unterseite, nicht schwerer als ein Feuerzeug, so abgerundet, dass er genau zwischen Daumen und Zeigefinger passte.

An diesem Gedenktag wollte Johann ihn westwärts über die Wellen schleudern, flach und schnell und weiter, als die Naturgesetze es vorsahen, weiter, als sein Vater oder irgendwer ihm zutrauen würde. Ein paar Seemeilen von hier sollte der Stein schließlich untertauchen, an genau der Stelle, wo vor 25 Jahren die *SMS Lützow* aufgegeben werden musste, nachdem sie zwei Dutzend Treffer gefangen hatte. Wo schließlich die Überlebenden der Besatzung auf Torpedoboote wechselten, gerettet für diesen Tag. Unter ihnen der Signalgast Friedrich Hermann Meinert aus Süderwisch, im Sommer 16 noch keine dreiundzwanzig Jahre alt.

So eine Schlacht, Vadder, die würden sie heute nicht noch einmal verlieren, da hatte Johann keinerlei Zweifel; würden das Skagerrak nicht preisgeben, sondern die Royal Navy aus der Nordsee vertreiben. Mochte das Inselvolk noch seinen König haben – sie hatten eine unverbrauchte Entschlossenheit, dem Schicksal nunmehr ihren Stempel aufzudrücken.

Skandinavien mussten sie halten. Die Weserübung lag gerade mal ein gutes Jahr zurück, schon rammte das Heer hier Küstengeschützbatterien in die Dünen, um die Engländer zurückzuschlagen.

Und Johann, Soldat seit gut 400 Tagen, würde aus der Luft seinen Teil dazu beitragen, dass vor allem die Flotte in diesem Meer keine Schlappe erlitt, würde heimkehren, bald schon, mit der guten Nachricht für seinen alten Herrn: Die Schmach ist wettgemacht, kein englischer Kreuzer läuft mehr aus, um deutsche Matrosen auf den Meeresgrund zu torpedieren.

Der Wind flaute etwas ab. Halb aus dem Sand zu Johanns Füßen ragte ein Stein, münzgroß, der sah nun wie das perfekte Wurfgeschoss aus. Er putzte die Körner ab, da erkannte er plötzlich vor seinem Fingerknöchel etwas Hellbraunes, beinahe durchsichtig, griff danach und legte es auf seinen linken Handteller, leichter als ein Stein, hielt es mit den Spitzen von Daumen und Mittelfinger gegen die Nachmittagssonne und prüfte Klang und Härte am Schneidezahn: Bernstein.

Schöne Mädchen sollte es hier oben geben, hatte ihm ein Fahnenjunker in Karup bei seiner Ankunft erzählt, vielleicht würde eine von ihnen dieses seltene Geschenk bekommen.

Der soll erst mal mir Glück bringen, entschied Johann, ein anderes, ein größeres, als Vater es hatte: Du hast überlebt, dein Sohn will triumphieren.

Friedrich Meinert senior hatte nur selten und leise über die Nacht auf der *Lützow* gesprochen. Zuverlässig fiel, wann immer die Söhne mehr darüber hören wollten, der Satz: Dat weer allens to veel.

Niemand wusste, ob er nur die zahlenmäßige Überlegenheit der Navy über die kaiserliche Marine meinte oder die Einzelheiten, an die er sich wohl nicht mehr erinnerte. Und noch bevor einer der vier nachfragen konnte, knallte die Mutter irgendetwas mitten auf den Tisch: die Terrine, den Apfelbrand, das Skatblatt.

Dat is goot, sagte der Alte dann und kündigte an, dass sie am Donnerstag Holz hacken würden, am Freitag zur Pferdeschau gehen oder am Sonnabend den Zaun ausbessern: hinten bei der Pforte, wo der Postbote nach dem dritten Frühschoppen mit seinem Fahrrad gestürzt war, und die Jungs lachten, wenn ihr Vater aufstand, die Luft umklammerte wie Fahrradgriffe, in Schlangenlinien durch die Küche fuhr und lallte:

Ik heff noch bimmelt, aber de dusselige Tuun güng nich bisiet.

Johann würde den Eltern schreiben aus Dänemark, solange seine Staffel hier stationiert war, wollte ihnen so schön als möglich das Gefühl von Freiheit schildern und wie er auf die Nordsee hinausgeschaut hatte vom Strand und wie sie von oben glitzerte, wo sie auf die Ostsee traf, das gleiche Wasser. Wie unbesiegbar man war, wenn man nach fünf Bier am Grenen in die Fluten strullte.

Den Bernstein verstaute er sicher in der Hosentasche, mit dem anderen machte er über Seegras und Quallen hinweg drei Schritte zum Wasser, bis es seine Stiefel berührte. Ging in die Hocke, nahm Maß, bog das Handgelenk zurück und ließ den Finger nach vorn schnellen.

Der wunderbar runde flache Stein, nicht ganz präzise waagerecht zur Wasseroberfläche abgefeuert, setzte nicht drei-, nicht fünf- oder zehnmal auf und flitschte auch nicht die 400 Seemeilen bis England.

Eins, zwei, Untergang.

Jämmerlich verreckte sein Torpedo am Kamm der ersten trägen Welle, die sich ihm entgegenstellte.

NIE WIEDER SO WIE FRÜHER. So lautete die Diagnose, und so wussten Johann und sein Knie also Bescheid: Er würde es bewegen, benutzen, leidlich beugen und bedingt belasten können, aber nie wieder so wie vor diesem vermaledeiten Ausweichmanöver, sagte der Doktor, blinzelnd hinter fleckigem Brillenglas, und fügte noch hinzu, dass Johann da aber mal ordentlich Dusel hätte mit so einer Verletzung, weil er gleich wieder raufgehen könne und dem Russen die Knieschmerzen heimzahlen, die ihn von nun an wohl immer mal wieder plagen würden, langfristig, da gebe es kein Vertun, der Meniskus sei nachtragend.

Dann wurde der Nächste reingeholt, der mit Schrapnellsplitter, Rippenbruch, Gehirnerschütterung, und Johann meldete sich bei seinem Geschwaderkommandanten wieder einsatzfähig.

Hunderte waren gefallen, Artillerie, Infanterie, und sie verloren Flugzeuge. Johann wusste, sein Knie war nicht einmal ein schlechter Witz, den man über diese Schlacht hätte reißen können. Es zählte allein, dass er wieder fliegen konnte, morgen schon, den Feind zurückdrängen, den Hafen einnehmen, die Flanke sichern, den Sowjetmeniskus so empfindlich treffen, dass er aufjaulte.

Als er in einem knapp gehaltenen Brief nach Hause erwähnte, er habe nun seine erste Kriegsverletzung, fiel ihm erst nach dem Zukleben des Kuverts auf, dass er sich offenbar schon damit abgefunden hatte, beim nächsten, beim übernächsten Mal weniger Glück zu haben. Oder aber immer wieder so viel Glück wie dieses Mal, in jedem Fall würden einer ersten noch weitere Verletzungen folgen, das schien ihm nun gesetzt.

Wie viel nachtragenden Knorpel hat so ein junger Körper, der Schmerz bisher allenfalls als Zahnschmerz kannte? Wie oft und wo, fragte sich Johann, als er das Bein nach dem Essen für eine halbe Stunde hochlagerte, kann man das Skelett im Dienst verwunden? Wie viele Einschläge verträgt man mit zweiundzwanzig und wie viele im kommenden Jahr, sollte der Krieg andauern; und was wird mir noch weh tun, wenn die Welt längst vergessen hat, wie wir es anno 42 einmal unternahmen, eine russische Halbinsel zu erobern?

Verwundbar ist man allemal, ging ihm auf, wir sind zu jeder Zeit zugleich Zielscheibe und Geschoss. Wie oft man einen russischen Meniskus wohl beschießen muss. Wann werde ich das nächste Mal ein Lazarett von innen sehen? Hätte ich mehr und Schöneres an die Eltern schreiben sollen?

Von diesem Frühlingstag an hatte Johann eine neue, eine in den Gelenken spürbare Angst vor jenem Rotarmisten, zweiundzwanzig, unerkennbar hinter seinem Geschütz, der schon morgen Abend an seine Eltern schreiben würde, dass er einen heruntergeschossen habe, und irgendwo da in den Trümmern müsse der deutsche Funker liegen, Name spielt keine Rolle, der einmal dachte, er würde diesen großen Krieg unverwundet überstehen, der Idiot.

Liebe Mutter, welch ein armer, hingestreckter, durchsiebter, lebloser Idiot.

DER KLEINSTE WILL DER GRÖSSTE SEIN, schrieb Johanns Mutter. Panzer wird er fahren. Und das Messer hat er mitgenommen, das du ihm geschenkt hast. Den kann keiner aufhalten.

Nun würde also auch sein jüngster Bruder in diesen Krieg ziehen, der in sein viertes Jahr gegangen war. Aus der HJ nach Afrika.

Bei Johanns letztem Urlaub hatten sie am Bahnsteig gestanden, Helmut und ihr alter Herr, nahmen Johann in Empfang, und die erste Neuigkeit, die Helmut präsentieren musste, war diese: der Lehrer Kempe, tot, stell dir vor, und ganz friedlich eingeschlafen, die Guste hätte ihn gefunden, wie sie an der Schule vorbeiradelt, das Klassenbuch in der Hand, sagt Guste, er hätt's nicht losgelassen.

Auf die schneidige Auguste hatte Helmut ein Auge geworfen. Sie hatte von ihm wohl in den letzten Wochen alles über die deutsche Artillerie erfahren, was er sich angelesen hatte, sie kannte Helmuts Pläne zur Einnahme des gesamten schwarzen Kontinents, sie war, so sagte es die Mutter später, eine anständige Deern, eine vorzeigbare Schwiegertochter, aber doch nicht jetzt.

Am Abend saß Johann noch mit seiner Mutter in der Stube, er versuchte von allem zu kosten, was sie seinetwegen gepflückt und gebacken hatte; sie schaute ihm beim Kauen zu und sprach von leeren Betten: Drei Söhne hatte sie verabschiedet, und wer überschaute noch die Welt?

Drei Söhne hatte ihr Mann ohne sie zum Bahnhof gebracht, dreimal hatte Käthe Meinert sich stattdessen vor den Waschzuber gekniet und das Bettzeug geschrubbt, abgezogen auf unbestimmte Zeit, und die Laken konnten ihr gar nicht weiß genug werden. Jetzt zappelte der vierte, gerade achtzehn, vor Ungeduld, und dabei hatte sie doch der Hebamme bei Rudis Geburt schon gesagt, dass sie ja wohl das Recht hätte, sich auch einmal ein Mädchen zu wünschen, zur Abwechslung, doch als Nächstes lebend auf die Welt kam Helmut. Und der war drauf und dran, die Guste unglücklich zu machen, immer versprach er dem Mädchen so viel, klagte Käthe, und hatte seinen schmalen Hintern doch noch kein einziges Mal vom Kämpfen heil nach Hause gebracht.

Die Frau, die sich im Krieg verliebt, erklärte sie Johann, der sein Bier in tiefen Schlucken genoss, die bräuchte ja wohl ein Herz wie ein Amboss. Das könnte die kleine Guste noch gar nicht haben, der Helmut sollte ihr keine Flausen in den Kopf setzen von wegen, sie würde dann demnächst Frau Panzerleutnant Meinert, so ein Tüdelkram.

Johann stellte sein Bier vor sich ab, betrachtete das gerahmte Foto an der Wand, das er in kleinerem Format stets bei sich trug – Fritz, Johann, Rudi, Helmut vor dem Schulhaus, aufgereiht, ein strammes Quartett –, und sagte zu seiner Mutter, dass man sich doch aber verlieben dürfe im Krieg, gerade im Krieg. Wegen der Hoffnung und was der Mensch so braucht.

Ein letztes Funkeln aus Käthe Meinerts muttermüden Augen, *Wir sprechen uns noch mal, mein Junge, wir sprechen uns, wenn du selber Kinder hast.*

Dann drehte sie den Kopf zum Fenster, es war längst stockfinster.

DER ALLERERSTE EINTRAG in sein Tagebuch kostete ihn Stunden: 1. Januar 1943, nach dem Weihnachtsurlaub zurück an der Donau, auf einem wackelnden niederösterreichischen Hocker, am Fenster bei Einbruch der Dämmerung. Immer wieder setzte er an – und schrieb nicht.

An diesem Neujahrstag glaubten sie nicht nur in der Ostmark, dass sie da oben am Himmel noch fürchterliche Rache nehmen würden für die paar verlorenen Schlachten am Boden. Auch Johann war sich manches Sieges gewiss. Dass sie drübersausen könnten über alle, die der Achse erste bittere Niederlagen beigebracht hatten. Kein bisschen nachgeben, nirgendwo.

Am besten wünscht man sich ein glückliches neues Jahr, dachte Johann, ein schlachtenglückliches. Alles Frohe mag später kommen, alles Frohe wartet zu Hause.

Ganz vorn im Buch mochte Johann nicht einfach irgendetwas aufschreiben, nichts Beliebiges. Den ersten Satz auf der ersten Seite wollte er doch so weit im Kopf vorformulieren, dass er nach einem geschriebenen Satz klänge und nicht nur wie dahingesagt. Keine Latrinenparole, keine Schlagzeile, nein, ein Satz von ihm, ein wahrer Satz.

Anständige Buchstaben malen, das kann jeder Knecht lernen, hatte Lehrer Kempe immer gesagt, aber was denken soll man sich bittschön, bevor man den Griffel packt.

Die Merktafel füllte er als Erstes aus, denn wer noch Name, Dienstgrad, Heimatanschrift wusste, wer eine Feldpostnummer und Mützenweite hatte, der zog lebendig in ein neues Jahr.

L.43432, Hamburg I.

Die Mütze 58.

Und auch das Seitengewehr trug eine Nummer, 54119.

Zwei von vier Meinert-Brüdern hatten an Weihnachten mit den Eltern um ein mickriges Bäumchen gesessen, gerade mal eine Woche war seither vergangen, und sie fehlten ihm, alle, hier an der Schwelle von Kalender zu Kalender.

1. Januar: Heimweh – das wäre mal ein weinerlicher Auftakt. Ein gestandener Feldwebel mit Stiefelnummer 28, der konnte wohl schlecht schreiben, dass er lieber daheim wäre als in Tulln, wie so ein Pennäler, der das erste Mal sein Dorf verlässt und die Mutter arg vermisst.

Johann klappte das Kalenderbüchlein zu, das er schon vor einer Weile während der Tage in Aalborg erstanden hatte, musterte und befühlte es, grübelnd, und schlug es wieder auf. Vierzehn Quadratzentimeter Platz für jeden Tag: Man würde klein schreiben müssen oder an manchem Datum gar nichts.

Wie viel Wahrheit vertrug so eine dünne Seite Papier? Wo anders als im verschwiegenen Innern konnte Johann sagen, was ihm quer durchs Herz ging. An jedem Tag, an dem sie aufstiegen, warfen sie sich grienend *Schisser* an die Köpfe, als wäre es ein Ausatmen, unter sich nur, als Besatzung. Eine Schicksalsgemeinschaft im Kleinen waren sie, kilometerhoch über Hangar und Heimat, in jeder Kiste Schiss hoch drei oder vier, und wer am lautesten bölkte, hatte die Hose noch voller als der Rest.

Doch Angst war kein Wort, das man schrieb, nicht auf Deutsch, das war überhaupt keine Vokabel in ihrem Alphabet der Unerbittlichkeit. Fünf ehrlose Buchstaben, die man wohl hochwürgen, doch niemals ausspucken konnte. Angst war das Geräusch, das Johann hörte, wenn alle Härchen sich aufstellten, das Wispern der Sterblichkeit.

Schließlich beugte er sich auf dem Hocker vor, das Buch auf dem Oberschenkel, und fing an zu schreiben:

Ich hatte das Glück, Weihnachten bei meiner Familie zu verbringen. Zum Beginn dieses Jahres will ich der Hoffnung Ausdruck verleihen, alle recht bald und in Gesundheit wiederzusehen. So soll dieses heute begonnene Tagebuch ein Kalender der Zuversicht sein.

Auf ein glückliches 1943 allerseits.

WIR KÖNNEN NUR HOFFEN, stand in dem Brief, den Johann im Februar 43 erhielt.

Friedrich Meinert junior galt nun als vermisst, irgendwo am Ufer der Wolga, und der Vater, die Landkarte auf dem Küchentisch, sei den langen, langen Fluss wohl mit dem Finger abgefahren, essen wollte er nichts, konnte er nichts, sein Daumen habe Stalingrad verdeckt.

Als ich mit Fritz schwanger war, schrieb die Mutter, da habe ich bei der ersten richtigen Wehe so gebrüllt, dass dein Vater sagte: Keine Sorge, bald vorbei, und eh man sich's versieht, ist das Kind aus dem Haus, dann hast du deine Ruhe. Du weißt ja, wie er redet, wenn es an die Gefühle geht. Rudis Division wird wohl nun auch an die Ostfront verlegt. Komm du nur bald wieder mal nach Süderwisch, wenn du Urlaub nehmen kannst, wir mögen nicht immerzu jeden Abend nur auf das Foto von euch schauen. Hier ist es zu still. Halt dich gesund, mein Junge, und halt dich von der Wolga fern.

Johanns Finger zerknüllten das Briefpapier, als wollten sie die Tinte herauspressen.

DAS IST DER FUNKER, der Heimaturlaub hatte, raunten sie. Das ist der, der Schwein gehabt hat. Und tippten an die Mütze und schauten an Johann vorbei und gingen weiter.

Unteroffizier Meinert war der eine, den es nicht erwischt hatte.

Von einem Jagdpiloten namens Schuster aus der zweiten Rotte ließ er sich berichten, wie ihre Maschinen vorige Woche bei schlechter Sicht von den feindlichen Jägern auseinandergetrieben worden waren, bis einer aus der Formation mehrere Wirkungstreffer abbekam, einer mit Karacho gegen die linke Tragfläche, die trudelte voraus, und im Absturz gerieten sie ins Kreuzfeuer, keiner konnte sich retten.

»Wenn sie mal draufgehen«, meinte Schuster, »gehen sie alle drauf. Also, wir. Sie wissen schon. Hab's noch nicht erlebt, dass von einer Viererbesatzung mal ein Einziger watteweich mit seinem Schirm gelandet wär.«

Der Funker an Bord war Johanns Ersatzmann gewesen, der sonst in einer anderen Staffel flog, der Name sagte Johann nichts.

Der Pilot sei ein guter Pilot gewesen, bestätigten Schuster und er einander und schwiegen zehn harte Sekunden, bis Johann etwas von verdammtem Pech murmelte und für den Bericht dankte. Vier Soldaten waren tot, drei Kameraden und ein armes Schwein, eingesprungen für den Funker Johann Meinert, für Johann Meinert ins MG-Feuer geflogen, während Johann Meinert daheim den 50. Geburtstag von Friedrich senior begoss.

Der Name Johann Meinert, dachte er, wird dem armen Schwein wohl nichts gesagt haben.

In dieser Sommernacht torkelte er dreimal aus der Baracke, übergab sich tief gekrümmt und konnte lange vorm Wecken schon nicht mehr einschlafen. Schließlich riss er seine Decke von der Pritsche und legte sich nach draußen neben dem Hangar ins Gras, außer Sichtweite der Wachen.

Einmal nickte er kurz ein, und als er wieder aufwachte, stellte er panisch fest, dass er den Namen des anderen Funkers vergessen hatte. Er setzte sich auf, schlug sich gegen die Schläfen, sein Atem rasselte, sein Unterhemd war eine Pfütze.

Schuster hatte den Namen genannt, ganz sicher, er hatte ihm den Namen des Hauptgefreiten genannt, und nun war er verloren. Er musste Schuster wecken, er würde wahnsinnig, weil er nicht von allein drauf käme, er musste den Namen doch behalten und notieren, es war doch der Funker, der die für Johann bestimmten Kugeln abgefangen hatte da oben.

Johann Meinert ohne Kratzer, ein grausiges Kinderlied in seinem Kopf.

Noch einmal warf er sich auf die Seite, strampelte Mücken fort und grübelte: Die, mit denen er geflogen war die letzten Monate, das waren Alwin, Dörner und der Sepp, aber wie hieß der gefallene Soldat, der nicht Johann Meinert war, wie hieß das arme Schwein von einem Funker, das in der Heinkel gesessen hatte am falschen Ort am falschen Tag seines Lebens und Sterbens, wie lautete zum Henker sein Name?

Namenlos und ohne Fronturlaub – dieses Mal nicht, nie mehr, der Kerl würde Johann verfolgen, er musste den Namen dieses Funkers in Erfahrung bringen, um ihn loszuwerden, ein für alle Mal.

Wieder würgte er, richtete sich auf, sein Kopf fiel in den Nacken.

Waren da nicht viel weniger Sterne am Firmament, als man ganz allgemein so dachte, wenn man ganz allgemein so schwärmte, wie schön der Himmel sei, so voller Sterne, gerade bei Nacht. Wie mochte so ein Himmel wohl von unter der Erde aussehen?

Molz? Modick? Mohrmann? Oder war es mit N? Noske? Noschke?

Die Sterne runterschießen müsste man in heller Nachtjagd, dass es knallt, und dann hingen da doch immer noch mehr als genug. Kein Stern würde wohl am Himmel vermisst, wenn er fiele. Oder etwa doch?

Nun ja, was wusste er schon, hier unten und bei lebendigem Leib, Johann Meinert ohne Kratzer.

Er sah sich um, rappelte sich hoch und machte einen schwankenden Schritt rückwärts, faltete die Hände, betete drauflos und verzog das Gesicht bei *wie im Himmel also auch auf Erden*, stolperte sich durch den Rest vom Vaterunser.

»Großer Gott«, stammelte er in die Dämmerung, »da die Zeiten nun mal sind, wie sie sind, will ich für Volk und Vaterland da rauf und kämpfen. Niemals aber dabei draufgehen, bitte schön. In Frieden soll der Noske ruhen. Amen.«

Dann salutierte er und wieder wurde ihm speiübel.

VIER

LIEBE EMMY, LIEBE BRAUT, nun haben sie mich wahrhaftig befördert: seit gestern ein Stern auf der Schulter, drei Schwingen am Kragenspiegel, jawohl.

Der Feldwebel (!) der Luftwaffe Meinert möchte der Hoffnung Ausdruck geben, dem werten Fräulein Blohm die neuen Abzeichen an der Uniform baldmöglichst zu präsentieren.

Weißt du denn, kannst du denn wissen, wie sehr du mir fehlst? Das geht an die Kehle, und es heißt sich zusammenreißen, nicht dem Trübsinn das Feld überlassen. Ach, Emmy, zu viele Stunden sind bitter.

Nun muss ich schließen, ein Werkstattflug steht an.

Bitte grüß mir alle daheim,

Dein Verlobter Johann

Aalborg, DK, 3. Januar 1944
Mit Kopfweh soeben wenige Zeilen an Emmy geschrieben wegen Beförderung. Werkstattflug abgesagt. Gestern Feier im Soldatenheim: Nach alter Sitte wurde ein Getränk serviert, das es in sich hat: Salz, Zucker, Zwiebeln, Paprika, Senf etc. in einem Glas mit Wein und diversen Schnäpsen. Das musste ich auf Kommando austrinken. Aber es ist noch kein Mensch daran gestorben. Nicht ganz.

… Au weia, liebe Emmy, das gute Essen hat sich bei mir bemerkbar gemacht, ich habe ordentlich zugenommen. Aber wer weiß, wann man es noch mal gebrauchen kann. Es können schlechtere Zeiten kommen. Seid ihr alle wohlauf?

10. Januar
Averhoff hat mich aus Flensburg besucht, sind in die Stadt gefahren, um zu essen und einer Flasche Aquavit den Hals zu brechen. Über die Heimat geredet, über die Städte im Krieg und wie verstreut wir alle sind. Von Süderwisch in die Welt, das hätte ja nun niemand gedacht. Unsere U-Boote waren doch neulich schon in New York, sagt Averhoff, mal sehen, wann wir nachziehen. Wir waren recht guter Dinge bis zum letzten kleinen Glas. Aquavit muss man mit einem Lächeln kippen, sonst brennt er den Gaumen weg.

Mit Emmy telefoniert: Sie ist spürbar enttäuscht über meine Versetzung gen Süddeutschland.

... Aber, liebe Emmy, nun kann ich doch die frohe Kunde übermitteln, dass ich heute meine Heiratspapiere eingereicht habe und unserer Hochzeit nichts mehr im Wege stehen dürfte – ist das nicht fantastisch?

Walldorf, 12. März
Heldengedenktag: schlichte Feier der Gruppe. Schlechtes Wetter.

Hochzeitstermin festgelegt auf 6. Mai. Ein bisschen Herzklopfen habe ich schon, aber es geht ja alles vorüber.

... und auch ich freue mich sehr auf diesen Tag, meine liebe Emmy, wir wollen ihn zu einem ganz besonderen machen, für alle, die dabei sein können.

Wien, 26. März
Rudi hat telegrafiert, will zur Hochzeit kommen. Von Helmut noch nichts gehört. Traurig, an Friedrich junior zu denken.

Ach, lieber Bruder, großer Fritz. Solltest du nicht als mein Trauzeuge neben mir stehen an diesem denkwürdigen Tag?

Und jetzt bist du noch nicht einmal selber über das Verlobtsein hinausgekommen, da sitzt deine traurige Waltraud in Bovenmoor mit ihrem Hochzeitskleid, und du bist irgendwo, so Gott will, auf dem Rückzug aus ukrainischem Morast, wenn du es denn bis dorthin geschafft hast.

Du wirst fehlen, wenn wir im Mai vor dem Altar von St. Severi stehen. Du wirst fehlen, großer Bruder, wenn wir auf die Zukunft trinken.

All das hat niemand gewollt. Aber die Zeit ist stärker.

Mutter erwähnt in jedem Brief die Stoßgebete, und ich ertappe mich dabei, wie ich denke: Ach Mensch, Fritz, nun melde dich doch mal zu Hause, ein Lebenszeichen nur, ein schmales Telegramm, dann sind alle beruhigt.

Reichswetterberatung sagt gute Flugbedingungen voraus.

Heute erfahren: Soll möglicherw. demnächst bei den Nachtjägern eingesetzt werden.

Mit Emmy telefoniert. (Nachtjagd nicht erwähnt.)

... Ja, Emmy, das ist schön, dass die Rieper-Mädchen die Blumen streuen werden. Und ich komme wie versprochen mit einem Koffer voller Aquavit zur Hochzeit!

29. März, Bad Zwischenahn
Nun soll alles ganz schnell gehen! Habe überraschend Urlaub ab dem 12., und wir verlegen vor. Es geht ans Heiraten, am 15. schon. Wo ich einmal da bin, ziehen wir die Sache vor. Am Telefon mit Emmy rasch das Wichtigste besprochen, sie kümmert sich um alles, die Sache soll unter Dach und Fach, hat sie zweimal gesagt, unter Dach und Fach. Und dass sie sich freut, wenn viel vorzubereiten ist.

Bald also wieder in die Heimat, bald also rechtskräftiger Ehemann von Emilie Katharina Meinert, geborene Blohm, bald also mulmiger noch und banger denn je in den Krieg.

Freuen sollte man sich doch über die Liebe, freuen will man sich, dass da zwei Herzen im selben Takt schlagen, freuen auf ein Familienfest, auf ein Zuhause, das die Arme weit geöffnet hat.

Wenn nur das ewige Fortmüssen nicht wäre.

18. April, Kassel
... möchte dir für jede Stunde unserer Flittertage danken und sofort fest die Augen schließen, dass ich alles noch einmal vor mir sehe und mir die Erinnerung bewahre. So schönes Miteinander, so ein schlichtes Zufriedensein.

Ja, das dachte ich mir, dass dir die Wanderung durchs kalte Watt am besten gefallen hat, mir ging es auch so, und doch schrubbt man ja manchen Tag danach noch Schlick aus den Zehennägeln, nicht wahr? Was soll's, ich denke mir einfach, ich habe ein Stück Heimat bei mir, das wird schon Glück bringen. Ein Pilot aus Garmisch hat getrocknetes Edelweiß als Talisman, ein Funker aus der 4. Staffel immer einen Tannenzapfen aus dem Erzgebirge in der Brusttasche. Wir bleiben doch, wie mir scheint, tief im Innern immer die Bengel, die zur Hintertür rausrennen, um draußen zu toben, bis die Sonne untergeht. Nur herrscht nun einmal Krieg vor unserer Tür, und alles Spiel ist Ernst in dieser bitterbösen Zeit.

Doch die Liebe höret nimmer auf, wie es heißt, und so will ich diesen ersten Brief an meine Ehefrau mit einem herzhaften Kuss aufs Papier beenden. Möge er dich unversehrt erreichen in der zärtlichen Zuversicht, dass wir ihn sehr, sehr bald ganz echt wiederholen können.

20. April
Bin frisch gebackener Ehemann und fühle mich sehr wohl mit diesem Titel. Ich glaube, dass ich mich ganz gut zur Ehe eigne und meine Frau nicht enttäuschen werde.

Führers Geburtstag. Kleiner Umtrunk mit der 3. Staffel, Unteroffizier Petzold gab Gesangseinlage, hübsch.

2. Mai
Einsatz nach Bristol. Sehr starke Scheinwerfer und massive Flakabwehr. Keine Verluste.

Heute bekam ich endlich Post und die ersten Bilder von der Hochzeit, auf denen nur glückliche Menschen zu sehen sind.

IM MAI SAH JOHANN seine Frau zum letzten Mal.

Die Staffel hatte Quartier bezogen in einem HJ-Lager bei Walldorf, dort erreichte ihn der Brief: Schon in der kommenden Woche könne sie ihn besuchen, ob das möglich sei. Am Abend kam er telefonisch durch, sie solle sofort kommen, weil niemand wisse, wie lange sie noch blieben; hängte den Hörer vor Aufregung neben die Gabel, seine Beine waren schon unterwegs zum Kommandeur, und Minuten später hatte er einen halben freien Tag ergattert, um Emmy in Frankfurt abzuholen.

Im Ort organisierte er ein Quartier, das seien nette Leute, hatte einer aus der Staffel gewusst, die hätten ein robustes Bett im Fremdenzimmer und, wenn denn für so was Zeit bliebe, auch ein gutes Frühstück.

Am späten Nachmittag nahm er Emmy auf dem Hauptbahnhof in Empfang. Ihren kleinen rostbraunen Koffer zwischen den Füßen, vergrub sie das Gesicht eine Minute lang an Johanns Schulter, er umfasste ihre Taille, während sein Blick hinauf zum Dach der Bahnsteighallen wanderte, die komplette Verglasung zerbombt seit den Angriffen im März. Ein Schild wies zum Tiefbunker unter dem Vorplatz.

Ein Wunder, dass noch Züge fuhren, ein Wunder, dass die Reichsbahn Emmy Meinert aus Süderwisch sechshundert Kilometer durch ein Land gefahren hatte, in dem man sich kaum noch irgendwo sicher fühlen konnte, in den großen Städten am allerwenigsten, deswegen brachte Johann sie so schnell er konnte raus aus dem Stadtgebiet.

Von den Quartiersleuten wurden sie wie Verwandte aufgenommen und auf das Beste bewirtet, in jeder freien Stunde kam Johann vom Stützpunkt.

Sie taten alles, um wortlos unbeschwerte Tage nicht zu beschweren: Am offenen Fenster auf dem Bett liegend, sprachen sie von der Zukunft wie von reifem Korn, das bald und kinderleicht zu ernten wäre, als fiele einem ein sicheres Dasein noch in diesem Sommer mit einem Windhauch in die offene Hand.

Kein einziges Mal benannte einer von ihnen den Frieden, denn der trug zu schwer an seinem Gegenteil. Stattdessen redeten sie vom August, wenn das Heu gefahren würde, sagten Herbst und meinten die reifen Äpfel, und immer wieder ›dann‹: Dann wollten sie sich nach einem Häuschen umsehen, wo sie fürs Erste wohnen könnten, dann müsste sich gar ein Baugrundstück auftreiben lassen, dann würden sie den Achtzigsten von Oma Blohm feiern, dann wären auch an Weihnachten alle wieder um denselben stolzen Baum versammelt, dann, dann, dann.

Emmy bestand darauf, es heiße nicht ›hoffentlich‹, sondern ›wir werden‹. Nicht die Zukunft – unser Leben. Zu zweit, zu dritt, zu fünft vielleicht, nein, ganz gewiss. Und für Minuten rührten sie sich nicht, gerade so, als fürchteten sie, jedes Quietschen der Sprungfedern könne den nächsten Fliegeralarm auslösen in diesem Krieg, den sie für ein paar Lidschläge vergessen wollten.

Am Morgen des neunten Tages packte Emmy den Koffer, obenauf der Eschenzweig: Zwei Herzen hatte Johann am Vortag hineingeschnitzt, während Emmy sich rückwärts in den Waldsee warf, prustend, die Arme hochgerissen, und hinausschwamm mit blauen Lippen unter Frühlingswolken. Beim zweiten Herzen war Johann abgerutscht, ein kleiner Schnitt ins Gelenk über dem Ehering, er kühlte den Finger im Seewasser und winkte Emmy mit der anderen Hand zu.

Kein Alarm an diesem blassblauen Himmel. Unser Leben.

WALLDORF, 12. JUNI 44

Nach Engelschoff geschrieben zu Onkel Wilhelms Geburtstag.

Umschulung für Nachtjagd: Ich muss mich als Funker ziemlich umstellen, denn es gibt allerhand neue Instrumente und Geräte zu lernen. Die meiste Arbeit bei den Nachtjägern lastet auf dem Funker, der die Aufgabe hat, den Flugzeugführer an das feindliche Ziel heranzuführen. Aber ich werde und muss es auch schaffen, denn es soll nicht an mir liegen, wenn irgendetwas nicht hinhauen sollte.

29. Juni
Nachts Fliegeralarm und starkes Gewitter. Im Kino gewesen: Ein Mann für meine Frau.

20. Juli
Attentat auf den Führer!

Spritmangel.

Zahnschmerzen.

15. August
Heute bin ich schon vier Monate verheiratet. Überführungsflug. Im Kino gewesen: Anuschka.

30. August
Zahnarzt. Kegeln mit der 3. Staffel. Unteroffizier Petzold abgeschossen. Funker und Heckschütze leicht verletzt.

1. September
Nun haben wir schon fünf Jahre Krieg und ein Ende ist noch längst nicht abzusehen, denn der Höhepunkt ist erst erreicht, und praktisch stehen wir da, wo wir 1939 angefangen haben. Hoffentlich kommen bald die neuen Waffen, damit eine Entscheidung herbeigeführt wird.

Es wird schon kalt und ich habe den Pullover wieder angezogen. Zwei Briefe von Emmy.

Zahnarzt.

12. September
Ich versuche zu telefonieren, bekomme wegen Fliegeralarm aber keinen Anschluss. Wetter wieder freundlicher als die Lage.

Emmys Stimme fehlt mir, aber manchmal habe ich sie ganz klar im Kopf, wenn ich die Briefe lese.

Zahnbehandlung beendet.

18. September
Wir sollen verlegen. Hoffentlich nach Norddeutschland. Abends Gewitter. Kein Alarm.

11. Oktober
Heute Nachmittag Überführungsflug nach Stade! Vielleicht kann ich die Elbe aus der Kanzel sehen. Werden aber wohl nur kurz dort bleiben.

12. Oktober, Stade
Teilnahme an Beisetzung auf dem Garnisonsfriedhof. (Krause voll wie eine Haubitze.)

18. Oktober, Bad Zwischenahn
Wegen einer eventuellen Landung in der Deutschen Bucht ist alles in ziemlicher Aufregung. Ich wünsche mir, dass es nicht so weit kommen möge.

23. November
Es hat zum ersten Mal geschneit. Werkstattflug. Im Kino gewesen: Romanze in Moll.

14. Dezember, Twente
Vorerst nach Holland abkommandiert. Warten auf Treibstoff und Befehle. Hier ist dauernd Alarm, da wir ziemlich in Frontnähe liegen. Man kann das Geschützfeuer hören.

18. Dezember
Deutsche Gegenoffensive im Westen. Bisher gute Erfolge. Die Sechste muss es nach Antwerpen schaffen, heißt es, wir brauchen diesen Hafen.

Feindflug nach Sittard. Tiefangriff.

Im Kino gewesen: Frauen sind keine Engel. Männer aber nun auch nicht gerade.

Heiligabend 1944, Bad Zwischenahn
Es friert sehr stark. Ich bin alleine und schreibe meiner Emmy. Ein Tannenzweig ersetzt den Weihnachtsbaum, meine Gedanken gehen in die Heimat, in die Kindheit. Sie möchten dort bleiben, nur eine Weile noch. Alles schläft.

Silvester
Für 1945 allen nur Gutes, ich schließe dieses Tagebuch mit dem Wunsch für einen baldigen Frieden.

Nachtrag: Wir sollen laut Geschwaderkommando nach Stade verlegt werden, niemand weiß, wann und ob es so weit kommt.

Wenn es doch ein Ende hätte. Das Kämpfen, das Totschießen.

FÜNF

MITUNTER STAUNT ER, wie groß die Welt einmal gewesen sein muss.

Weil ihm wenig anderes zu tun bleibt, liest Johann immer wieder, Eintrag für Eintrag und dann wieder von Neuem, was
44 so alles geschehen ist in seiner Welt, in seinen Worten. Staunt, während er in seinem Unterschlupf bis zur Dunkelheit im alten Tagebuch blättert, wo er angeblich gewesen ist, wenn denn die Notizen und Ortsangaben nicht lügen. Verlegt von Aalborg nach Paris für einen oder zwei Tage, ein kleiner Ort im Südwesten, ein Flugplatz im italienischen Nirgendwo, an den er kaum Erinnerungen hat, und immer so fort, durch die zunehmend zerklüftete Geografie von Banak bis Paderborn, Orly oder Göttingen.

Warum hat sich meine Schrift nicht verändert, so ruhig kann doch meine Hand nicht geblieben sein, während sich überall die Schlingen enger zogen.

Ein bisschen Papier hat Tante Alma zusammenkratzen können, und Johann möchte so gern, was er in den letzten Tagen an Emmy geschrieben hat, irgendwie in ihre Hände bringen. Ob es denn gar keine Möglichkeit gebe, hat er seine Tante gefragt, dass man Emmy und ihre Mutter wissen lasse, es geht ihm gut?

Er kannte und kennt die Antwort und ahnt, dass schon Geheime Feldpolizei bei Blohms in Süderwisch gewesen sein dürfte, um die ganze Familie auszuhorchen; und dass die kluge Emmy ihre kleinen Füße stillhält, dass sie nicht die Verwandtschaft abklappern wird auf der Suche nach ihm. Bloß nicht die Aufmerksamkeit von irgendwelchen Greifern oder Schwätzern auf sich ziehen, bloß das nicht.

Sie weiß, wo ich bin, denkt Johann, weiß, wo ich sein müsste, wenn alles gutgegangen ist. Doch sie muss im Ungewissen bleiben, muss ahnungslos sein, um glaubwürdig versichern zu können: Ich hab meinen Mann seit Monaten nicht gesehen, sein letzter Brief kam aus Darmstadt, er ist doch bei seiner Einheit.

Er blättert vor und zurück, dann zum Ende: Auf den letzten Seiten hat er recht feierlich Abschied genommen von 1944, hat Wünsche an das neue Jahr, Wünsche für alle festgehalten, schon wieder und wie vergeblich. Und dann wurde ihm klar, dass er sich genauso fühlte, als könne man aus zwei Worten eines machen: Wie an den meisten Tagebuchtagen hatte er den Stift schließlich beiseitegelegt, noch einmal gelesen, was er geschrieben hatte, und war – niedergeschlagen.

Wenn man es so sagen könnte …,

ergänzt er nun am Fuß der Seite, wo kaum noch Platz ist:

Mir ist auch heute ein wenig niedergeschrieben zumute.

EINEN HABEN SIE ERWISCHT, sagt Frieda, und Johann nickt anerkennend, weil sie gestern von den Ochsen erzählt hat, die aus der Weide gegangen sind.

Sie steht noch am Scheunentor, kommt nicht näher, baut sich mit verschränkten Armen auf wie für ein ernstes Wörtchen. Johann probiert ein Lächeln, Frieda reagiert nicht.

»Ist da noch wer abgehauen mit dir, Feldwebel Meinert?«

»Wieso?«

»Ja oder nein?«

»Nein.«

»Sie haben einen erschossen, hat Else gesagt.«

»Wer, was?«

»Vom BDM kenn ich die. Else hat noch nie was erzählt, was hinterher nicht stimmte. Ihr alter Herr ist in Stade bei den Geheimen.«

»Und wen … wen hat's erwischt?«, fragt Johann.

»Der hat sofort geschossen auf die Polizei, ein Hauptmann war's, festgenommen werden wollte der schon mal nicht, und dann hat er's wohl drauf angelegt, weil er sowieso nicht entkommen wäre. Da haben sie ihn durchlöchert, sagt die Else, hat ihr Vater erzählt.«

Der Hauptmann. Wieso hatte der noch eine Waffe? Die musste er sich auf der Flucht besorgt haben. Oder war's ein anderer, einer, den Johann gar nicht kannte, vom Heer vielleicht. Er wird Frieda nicht fragen, was der Deserteur für eine Uniform getragen hat. Sie taxiert ihn, Johann tut so, als müsse er husten, um sich kurz abzuwenden.

»Der hat sich wohl im Kahlen Moor einen Verschlag gebaut«, erzählt sie. »Unterm Totholz.«

Der Hauptmann. Von ihm haben sie keinen Namen, denkt Johann. Wenn Bühler zuerst gefeuert hat, damit sie ihn abknallen, dann haben sie keine Namen aus ihm rausgeprügelt. Im Totholz.

»Else meint, es hauen jetzt jeden Tag welche ab in Stade, da sind wohl bald mehr kaputte Flugzeuge als Soldaten, aber ihr Vater darf nicht wissen, dass sie gehört hat, wie er das zu ihrer Mutter gesagt hat.«

»Es kann ja sein«, sagt Johann so ruhig wie möglich, »dass alles bald vorbei ist.«

Frieda hebt die Hände. »Vielleicht hat sich da einer ein Beispiel an dir genommen? Wenn der Feldwebel Meinert das kann, dann trau ich mich auch! Und ist weggelaufen wie du?«

»Ich … das glaube ich kaum, nein.«

»Wer weiß, kann doch sein, deine Kameraden in Stade tuscheln seit Wochen was vom mutigen Johann, der als Erster weg ist.«

»Ganz bestimmt nicht.«

Sie verzieht den Mund, als würde sie besonders scharf nachdenken müssen.

»Hast du auch eine Pistole, Johann? Kannst du auch schießen, wenn sie dich finden?«

»Nein.«

Ihr Gesichtsausdruck lässt nicht erkennen, ob sie ihm glaubt.

»Wenn bald alles vorbei ist, Frieda, dann wird überhaupt niemand mehr erschossen. Und dann bist du mich los und musst nichts mehr verheimlichen und dich herüberschleichen.«

»Ich schleich mich ganz gern. Besser als immer nur füttern und ausmisten.«

Sein Schmunzeln ist schwach. Frieda macht ein paar Schritte auf ihn zu, sie schaut zu dem Balken, in dem das Messer steckte, und sagt: »Du könntest mich als Geisel nehmen, weißt du. Wenn die Feldpolizei auftaucht. Mir das Messer an die Kehle halten und sagen, du stichst zu, wenn sie dich nicht gehen lassen. Und dann hätten sie mich auf dem Gewissen und … und wären auch nicht besser als alle anderen.«

»Wie kommst du nur immer auf solche Sachen, Mädchen?«

»Weiß nicht.«
Und während er den Kopf schüttelt, sagt sie:
»Die Ochsen sind wieder eingefangen.«

WILD HAT ER von seiner Witwe geträumt, zu jung und in geliehenem Schwarz.

Die ganze Zeit hat Emmy Englisch gesprochen und ließ ihn nicht fort, er war tot und doch nicht tot, seine Junkers geparkt im hohen Gras bei den Pferden, die seelenruhig ihre eigene Scheiße fressen.

Emmy zerrt an seinem Ärmel, dass beinahe das Abzeichen abreißt, er verstand und verstand sie nicht, ihm gefällt ihr schwarzes Kleid, doch er will sich losmachen und auch einmal zu Wort kommen, plötzlich warf Johanns Pilot die Maschine an und hebt den Arm, ein Flügel surrt und flappte, Es geht doch nicht anders, Emmy, hört er sich sagen und zuckte sich aus dem Schlaf, In der Nacht ist der Mensch nicht gern alleine, bei Gott, schweißnass.

Vorbei ist nur der Traum.

Mit klopfendem Herzen blinzelt er gegen das erste Licht, sein Kopf tut weh. Nie mehr will er jammern oder klagen, wenn er in einer Welt ohne Kämpfen aufwachen darf neben Emmy.

Er muss wirklich einmal sein Hemd waschen.

Aber wie frei werden sie leben dürfen, von wessen Gnaden verschont, wenn alles zerfällt? Sein Mund ist trocken, kratzig. Ob das Leben mehr sein wird als das Gegenteil von Sterben?

Heute will Alma ins Dorf, hören, wo der Russe steht. Das wird dann wohl unser Frieden sein, denkt Johann, als er sich matt aufrichtet. Dies blanke Nicht-gestorben-Sein.

Am Nachmittag schaut Frieda ihm wieder beim Schreiben zu. Am liebsten sitzt sie dabei direkt an der Leiter, als wolle sie sichergehen, jederzeit hinunterklettern zu können. Die Beine dicht vor der Brust, bettet sie das Kinn in die Mulde zwischen den Knien, ihre Pupillen folgen den Bewegungen von Johanns Bleistift wie einem würmerpickenden Vogel am Boden, der jeden Moment zum Flug ansetzen könnte, sobald ihn etwas aufschreckt.

Immer will sie wissen, warum er mit ›Engelschoff, den soundsovielten‹ beginne, es sei doch klar, wo er sei.

»Und sind die Tage nicht egal«, sagt sie, »bei all den Stunden, die du hier hockst?«

Johann brummt etwas und kneift ein Auge zu.

»Soll ich dir unser neues Fohlen zeigen? Hinten auf der Koppel?«

Keine Antwort.

»Hab's Janne genannt.«

»So?«

»Der Herr ist gütig.«

»Kluges Mädchen.«

Sie lacht. »Schönes Pony.«

Johann unterbricht sein Schreiben, greift ein Blatt, das neben ihm liegt, den Brief von gestern, schaut darauf und sieht zu Frieda hinüber.

»Morgen haben wir schon April.«

Sie zuckt die Achseln. »Und Sonntag. Wen kümmert's. Oder wolltest du zum Gottesdienst?«

Er schüttelt den Kopf, abwesend, schreibt weiter.

»Beten kannst du ja auch hier, Feldwebel«, stellt sie fest, »und wenn du singen willst – ich sing mit dir.«

Er schaut auf, lächelt beinahe.

Hart räuspert sie sich, hebt das Kinn ein Stück von den Knien. »*Bis hierher hat mich Gott gebracht durch seine große Güte ...*«

»Mich auch«, murmelt Johann, ohne aufzusehen, als sie nicht weitersingt.

»Ach ja? Gott war das?«

Seufzend lässt er das Blatt sinken.

»Was meinst du, Deern?«

»Für Tante Alma und Onkel Wilhelm solltest du das singen, oder etwa nicht?«

»Sollte ich?«

»Oder: Glück hat mich bis hier gebracht. Wie wäre das, Johann?«

»Ja, Glück.«

Ansatzlos singt sie weiter: »*Bis hierher hat er Tag und Nacht bewahrt Herz und Gemüte«,* dann bricht sie ab. »Da habt ihr doch früher in der Kirche bestimmt am Ende auch Gemüse gesungen, oder? Die Jungs hier machen das gerne, Edu Schult und Paul Bernsen. ›Gemühüse‹ singen die, aber Pastor Finkler hört so schlecht.«

Nach einer Weile will sie wissen, ob er sich jeden Tag etwas Neues ausdenke, obwohl hier doch rein gar nichts passiere.

»Erfindest du etwas, damit's was zu schreiben gibt, Johann?«

»Erfinden?«

»Was weiß denn ich, du könntest schreiben, dass du mit der Stute vom Nachbarhof einen Ausritt gemacht hast nach Oldendorf oder dass du Singen lernst oder dass schon die Thommys am Elbstrand Lagerfeuer machen.«

»Warum sollte ich denn so was schreiben, Frieda Clausen?«

Sie sagt nichts.

»Weil's schön wär, wenn's so wär, meinst du?«

Schweigen. Dieses Schweigen, bei dem sie leicht den Oberkörper wiegt, das kennt er schon, das dauert meist recht lange. Doch plötzlich sagt sie:

»Zeig mal.«

»Zeigen? Was denn?«

»Na, den Brief an deine Braut. Was du heut geschrieben hast.«

Johann mustert sie, weiß nicht recht, was sie im Schilde führt.

»Nun zeig doch mal«, sagt sie, »oder ist es was Unanständiges?«

»Persönlich ist es schon«, antwortet er. »Nicht für jedermanns Augen bestimmt.«

»Hier sind doch nur wir, Johann Meinert.« Sie streckt eine Hand aus. »Jetzt hab dich nicht so.«

Zögerlich reicht Johann ihr den Briefbogen.

Mit den Füßen rutscht Frieda zentimeterweise nach vorn, um das Blatt sorgsam auf den Oberschenkeln abzulegen. Dann senkt sie den Kopf und liest, stumm, doch Johann kann sehen, wie ihre Lippen sich bewegen, und wendet den Blick nicht ab und vergisst für einen Moment, wo er ist.

Als sie zu Ende gelesen hat, lässt sie das Papier zur Seite rutschen, wischt sich über die Nase, stemmt sich hoch.

»Wird schon dunkel«, murmelt sie und packt die Leiterholme. »Muss rüber.«

»MEINE LIEBE EMMY«, liest er vor, »heute flog wieder eine Lancaster über den Hof, wahrscheinlich auf dem Rückflug von Hamburg, das ganz gewiss in diesen schweren Tagen Angriff um Angriff überstehen muss. Die Lancaster, davon hab ich dir schon einmal erzählt, ist ein Bomber mit vier Motoren, die –«

»So doch nicht.«

Johann schaut zu Frieda hinüber. Heute sitzt sie nicht, sondern geht in seinem Versteck auf und ab über die jaulenden Bohlen, während er sich und ihr vorliest, halb laut, wie er den neuen Brief begonnen hat.

»So ist das nicht gut«, sagt sie, ohne anzuhalten. »Mit dem Bomber.«

»Lancaster.«

»Lancaster, ja. Das sollte man so nicht schreiben.«

»Ach nein?«

Nach ein paar Schritten wendet sie, als sie die Heuballen erreicht hat, und marschiert zurück Richtung Leiter, von Johann beäugt.

»Du hast ihr schon erzählt von den Flugzeugmotoren und schreibst es trotzdem noch mal? Kann die Emmy nicht bis vier zählen?«

»Hör mal …«

»Oder muss man einer Frau so etwas zweimal erklären, damit sie's begreift? Lancaster vier Motoren, B-17 vier Motoren, und gebrannt hat ganz Hamburg doch schon letztes Jahr, oder nicht? Willst du ihr schreiben, dass es uns hier oben noch viel schlimmer treffen wird?«

»Nein, das nicht.«

»Soll sie das trösten, wie nah die Einschläge dir kommen?«

Johann steht auf, muss ebenfalls ein paar Schritte machen.

»Frieda, es geht doch nicht nur um Trost.«

Sie bleibt stehen, sieht zu ihm auf.

»Worum geht es?«

»Emmy ist eine erwachsene Frau, die kann was aushalten, sag ich dir. Sie würde wissen wollen, wie die Lage wirklich ist. Nichts schönreden.«

»Ja, *deine* Lage, Feldwebel, wie es um *dich* steht. Um den Mann, auf den sie wartet. Dass Hamburg schwer getroffen ist, kann sie am Volksempfänger hören, meinst du nicht.«

Er schüttelt den Kopf. »Es ist oft schlimmer, als gemeldet wird. Wir wissen's ja nicht, wo wir nicht selber sind.«

»Aber warum«, erwidert sie, »schreibst du ihr nicht, dass du Angst um sie hast?«

Wieder wendet sie am Ende ihres kurzen Pfades.

»Bleib doch mal stehen, Frieda.«

Doch sie geht weiter, und er fragt:

»Welche Angst meinst du?«

»Bei jedem Bomber«, spricht sie langsam, »der über Wilhelms Scheune zurück nach England fliegt, hoffe ich – nein, beten ist besser: bete ich, dass er den Rest seiner Munition nicht über Süderwisch abwirft.«

Mit gerunzelter Stirn hört Johann ihr zu.

»Ich bete«, spricht Frieda weiter, »zu unserem lieben Gott im Himmel, dass du …«, sie legt einen Fingerknöchel an die Lippen, »dass du nicht auf dem Feld bist, wenn sie noch einmal in den Tiefflug gehen, um auf alles zu feuern, was sich auf feindlichem Boden bewegt. Ich bete –«

Johann hat den Stift angesetzt, um aufzuschreiben, da unterbricht er sie:

»Noch einmal mit Beten anfangen, wirklich?«

»… für dich Punkt.«

Er nickt, anerkennend und ohne sie aus den Augen zu lassen.

Irgendwann fängt sie seinen Blick auf, sagt noch einmal: »Punkt. – Was denn, was ist?«

Sie bleibt stehen.

»Woher nimmst du denn das alles, Deern?«

»Ick bün een groote Deern, Herr Meinert.«
»Jo«, sagt er, »dat büst du wohl.«
Sie hebt bedauernd die Arme.
»Kein Kind mehr«, stellt Johann fest. »Ganz bestimmt nicht.«

»... MEINE BESTE FREUNDIN ...«

Die Worte dringen zu Johann wie unterm Ohrenschutz, er weiß gar nicht, wer das sagt und zu wem, doch hört er schon mehr, als er sieht, weil ihm der Schlaf die Lider zugeklebt hat, und jetzt fragt dieselbe Stimme, plötzlich ganz nah:

»Träumst du etwa noch? Johann?«

Im selben Moment, als es ihm gelingt, die Augen zu öffnen, spürt er eine Berührung an der Schulter und reißt zum Schutz den Arm vors Gesicht.

»Aua!«, sagt Frieda. »Was schlägst du denn um dich?«

»Mit wem ... mit wem hast du gesprochen?«

»Mit dir.«

»Ich wollte dich nicht schlagen.«

»Na, das hoff ich aber schwer.«

Er schüttelt sich, reibt seine Wangen, Frieda steht neben ihm, schließlich bemerkt er, dass sie in Richtung Leiter zeigt, und Johann erschrickt zu Tode.

»Darf ich vorstellen: meine beste Freundin Helene.«

»Was zum Teu-«

»Guten Morgen, Herr Feldwebel!«, sprudelt es zwischen rotblonden Zöpfen hervor, die ihn über die oberste Sprosse hinweg anschauen.

»Was tut sie hier?«, fährt Johann Frieda an, »was hast du ...«, seine Blicke hetzen von einem Mädchen zum anderen, ratlos, »wieso ... seid ihr nicht in der Schule?«

»Heute ist Sonntag, Herr Feldwebel«, sagt Helene.

Wieder zeigt Frieda zu ihrer Freundin. »Sie ist eine der Klügsten in unserer Klasse. Sie kennt alle Wochentage.«

Helene kichert, Johann rappelt sich auf. »Ich muss nur mal ... hinter die Scheune. Und ihr geht besser, hört ihr? Alle beide. Du – guten Morgen, aber du solltest nicht hier sein, Mädchen, weißt du das?«

»Natürlich«, sagen beide im hellen Chor.

Stumm wartet Johann, dass Helene zurückweicht, doch die zwinkert Frieda zu und macht entschlossen die letzten Schritte nach oben, streckt Johann die Hand entgegen.

»Wir warten hier«, sagt Frieda, »ganz artig warten wir hier.«

Kopfschüttelnd schlurft Johann zur Leiter und steigt nach unten, schaut von dort noch einmal hinauf, sie knien an der Kante und beobachten ihn, sie haben seine armselige kleine Festung kampflos eingenommen.

Verdammt lange geschlafen hat er, und vor der Scheune blüht ein milder Tag.

Im hohen Gras hinter dem Zaun, wohin ihn jeden Morgen seine ersten Schritte führen, kann er den Pfad erkennen, der sich durch die Felder schlängelt, hinter den Höfen vorbei, weit ins flache Land. Er schaut hinab auf die taunassen Beine von Onkel Wilhelms Hose, die er trägt, seit Alma seine Uniformhose zum Waschen mitgenommen hat – war das gestern, vorgestern, Ende März?

Die muss ich wohl zurückgeben, eines Tages, denkt Johann, doch jetzt sollte ich machen, dass ich wegkomme. Wenn dieses blonde Kind sich verplappert, war alles umsonst.

Tief zieht er die frische feuchte Luft in die Nase, die Erde ist satt vom Aprilregen.

Ich will und kann nicht mehr, keinen Tag. Die Geduld fühlt sich längst so blauäugig an.

Er zieht die Hosenträger wieder rauf und rührt sich nicht. Ein Goldkehlchen besetzt den nächsten Zaunpfahl, lässt den Feldwebel nicht aus den Augen. Johann stiert zurück und erklärt dem Vogel, nun sei auch schon alles egal, und wenn die Gören ihn verpfeifen wollten, um für ein bisschen Recht und Ordnung an der Heimatfront zu sorgen, dann hätten sie's doch längst getan. Neugierig sind sie, Goldkehlchen, weiter nichts, sie wollen doch nur sehen, wie ich in meinem Käfig umherflattere. Sind doch nur Mädchen, nicht die Totenkopf-SS.

Der Vogel bewegt kaum merklich den Schnabel, Johann nimmt es für ein Nicken. Und geht wieder hinein.

Sie haben neben seinem Blechnapf und der Feldflasche Platz genommen, seine Frühstücksecke hier oben, da verbringt er die erste wache Stunde, immer allein, indem er Emmys Briefe wiederliest, zwei, manchmal drei, und dann fällt ihm bei einem Stichwort etwas aus seinem Traum ein, und so verrinnen die Gedanken. Jetzt sitzen hier zwei Mitwisserinnen und er ist mürbe von schwerem Schlaf.

»Das Fräulein Helene will dir was erzählen«, sagt Frieda nicht ohne Stolz in der Stimme, als er sich zu ihnen stellt, an zwei Heuballen gelehnt, die Arme verschränkt, abwartend.

»Erzählen, so, so.«

Die Mädchen haben ein Viertel Brot mitgebracht, und Helene sagt, sie habe gesehen, wie Tante Alma ins Dorf gegangen ist.

Dann tauschen die Mädchen einen Blick, als hätten sie vor der Jauchekuhle das Christkind getroffen.

»Na los«, sagt Frieda, und Helene platzt beinah:

»Ich habe eine Pistole.«

»Du hast was?«

Johann lässt den Kanten sinken, in den er gerade beißen wollte.

»Eine Pistole, Herr Feldwebel. So groß!«

Sie hebt die Hände – ein Ferkel würde dazwischen passen –, wägt ab, korrigiert den Abstand ein wenig. »So vielleicht. Und Munition dazu.«

»So, so, und wo versteckst du die? Unter deinem Sonntagskleid, wie?«

Er spürt den Hunger dieser Tageszeit, probiert, das Brot ist frisch und gut.

»Eine Waffe, die könntest du doch wohl brauchen«, geht

Frieda dazwischen und hält ihm das Brot hin, obwohl er noch kaut, »zur Abschreckung und im Notfall. Nicht wahr?«

»So, so«, sagt Johann ein zweites Mal, unsicher, was die beiden ausgeheckt haben.

Helene räuspert sich.

»Gewissermaßen könnte ich Ihnen einen Gefallen tun, haben wir uns gedacht …« Frieda reckt den Finger, damit wohl klar ist, es war ganz allein ihr famoser Einfall –, »wenn Sie … auch so denken? Ja?«

»Wenn ich auch so denke? Mädchen, spuck aus, was du zu sagen hast.«

Helene setzt an, doch Frieda lässt sie nicht zu Wort kommen.

»Ihr alter Herr«, sie nickt zu ihrer Freundin hinüber, »das ist nämlich ein Wachmann.«

»Tiedje«, springt Helene ein, »mein Vater ist Ulrich Tiedje, wir wohnen am Kanal, Richtung Ritschermoor.«

»Mensch, das interessiert doch den Feldwebel nicht«, unterbricht Frieda erneut. »Sag das mit dem Schrank.«

»Ja doch! Also, ich weiß, dass unser Waffenschrank zu Hause in der Diele randvoll ist. Pistolen hauptsächlich, beschlagnahmt, glaube ich.« Sie ist aufgeregt, atmet und spricht viel zu schnell. »Zählen tut er sie nie, sind zu viele.«

Frieda ist aufgestanden, während Helene spricht, sie stößt Johann den Ellenbogen in die Seite, hebt bedeutungsvoll die Augenbrauen, als käme nun die beste Stelle der Geschichte.

»Na ja«, sagt Helene, »und der Schlüssel ist oben auf dem Buffet.«

Behände steht sie auf, geht auf die Zehenspitzen, streckt einen Arm und die Finger, um zu demonstrieren, dass sie groß genug ist, auch ohne Hocker ganz nach oben zu greifen. Dann weiß sie nicht, ob sie stehen bleiben oder sich wieder setzen soll, ganz so, als erwarte sie zunächst die Note ihres Turnlehrers.

»Und was bewacht er denn, dein Vater?«, fragt Johann.

»Der muss Arbeiter überwachen«, erklärt sie. »Er sagt, wo er auf die Leute aufpasst, werden die besten Klinker gemacht und die tiefsten Gräben ausgehoben.«

»Sogar eine Unterkunft mit Fenster zum Garten hat er«, ergänzt Frieda, und Helene nickt dazu, »davon gibt's überhaupt nur ganz wenige in Neuengamme, für die richtig wichtigen Wachmänner.«

Neuengamme kennt Johann nur aus der Luft, von einem Übungsflug, ein riesiges Fabrikareal in der Elbmarsch.

»Vati ist nicht oft zu Hause«, sagt Helene.

»So, so«, sagt Johann, als sei das die Tageslosung.

»Also?«, fragt nun Frieda, »was denkst du, Johann?«

»Ich denke, ihr seid leichtsinnig für euer Alter.«

Sie winkt ab. »Geschenkt. Soll Leni die Wunderwaffe herschmuggeln?«

Ein Abenteuer, so klingt es, das Frieda um nichts in der Welt missen möchte. Heute ist sie wieder um Jahre jünger, ein Springinsfeld, wie berauscht, als gelte es, beim Geländespiel den Wimpel von der anderen BDM-Gruppe zu erobern.

»Und ob Sie dann wohl ...«, fragt Helene mit strohdünner Stimme, »ein gutes Wort einlegen wollten für meinen Vater, falls wir verlieren? Den Krieg doch noch verlieren, meine ich.«

»Wie soll das lauten, dieses gute Wort?«

Sie windet sich. »Ich weiß nicht genau.«

Johann wartet ab. Ob sich der Feind mal dafür interessieren wird, welcher Wachmann vom platten Land zuständig war für die Kriegsgefangenen oder wer auch immer in Neuengamme Ziegel brennt?

Helene atmet tief ein. »Letztes Jahr, zur Sonnenwende, da haben sie Feuer gemacht bei uns im Garten, ich stand oben am Fenster, hab ihre schwarzen Mützen von oben gesehen und konnte alles hören.« Sie sammelt Kraft in ihrer Stimme. »Als sie genug getrunken und gesungen hatten, da hat einer gesagt: Tiedje, Tiedje, von allen harten Hunden kommst du direkt aus der Hölle. So viele kann die Reichsbahn gar nicht rankarren, wie du verschleißt. – Das hab ich mir gemerkt«, fügt Helene hinzu. »Und: Irgendwann gehen sie dir an die Gurgel, Tiedje. – Gelacht hat der, ganz schäbig.«

»Hat er das?«

»Ja, und mein Cousin«, sagt Helene, jetzt den Tränen nahe, »der war in Plön auf der Napola, und der sagt, die besten Männer des deutschen Volkes werden vor keiner Siegerjustiz Gnade finden, und eines Tages …«

»Himmel, Deern, was du dir für Sachen merkst.«

»Verstehst du nicht, Johann?«, übersetzt Frieda und zieht dabei an seinem Arm, »falls du auf einen Engländer oder Ami oder Russen triffst nach dem Krieg, dann kannst du sagen: Mir hat der Ulrich Tiedje aus Engelschoff geholfen, dass ich sicher heimkomme. Dieser Ehrenmann hat dem Deserteur aus der Patsche geholfen. Ein Sinneswandel! Verstehst du nicht? Weil das eine gute Tat sein müsste, so betrachtet.«

»Ich verstehe ganz gut«, erwidert Johann. »Ehrenmänner wären wir am Ende alle gern …«

Frieda macht einen Schritt auf ihre Freundin zu, legt ihr den Arm um die Schulter, schaut zwischen beiden hin und her.

»Ein Gefallen für einen Gefallen«, spricht sie feierlich. »Abgemacht?«

Mit einer Waffe, überlegt Johann, könnte er es sogar riskieren, sich nachts durchzuschlagen, unentdeckt im besten Fall, wehrhaft im schlimmsten. Verteidigen könnte er sich, sollte ihm da noch einer in die Quere kommen, der nicht weiß, was die Stunde geschlagen hat.

Während er nachdenkt über die Dinge, die er selbst und die irgendein Wachmann und die sie alle, alle getan haben, um den Kopf über Wasser zu halten, jeder auf seine Art und keiner ein Lamm, reibt sich Helene mit den Fingerknöcheln über die Wangen.

»Vielleicht möchten Sie mich auch in Ihrem Tagebuch erwähnen, Herr Feldwebel«, raunt sie. »Frieda hat gemeint, Sie schreiben alles auf, was so geschieht. Ich glaube, ich war noch in keinem Tagebuch bisher.«

Johann klopft sich auf die Oberschenkel.

»In jedem Fall werde ich schreiben, dass ich selten so ein leckeres Brot gegessen habe wie am 15. April.«

»Wirklich?«

»Aber ja.«

Und damit streckt er Helene die Hand entgegen, so dass sie nicht wissen kann, ob er sich per Handschlag fürs Brot bedankt oder zum Abschied ihren Pakt besiegelt; er hält sie länger als nötig, von Frieda beäugt, lächelt das blonde Mädchen an, bis es zur Seite schaut.

»Lene«, sagt Frieda und trennt die Hände der beiden mit einer schnellen Bewegung, wie man eine Kuhfliege verscheucht, »wir kommen zu spät zum Singen. Ein Ständchen für den Ortsgruppenleiter«, erklärt sie Johann und schiebt Helene zur Leiter. Die dreht sich noch mal um, sagt, Johann könne den Rest des Brotlaibs behalten und recht bald wolle sie wiederkommen, natürlich nur, wenn es ihm recht sei.

»Mit frischem Brot und mit Sie wissen schon, Herr Feldwebel.«

»Lass doch das dumme Siezen, Leni, ich heiße Johann.«

»Hopphopp«, sagt Frieda, »genug getratscht«, und schon ist Johann wieder allein.

ENGELSCHOFF, den 15. April 1945, notiert er. Unser 1. Hochzeitstag.

Heute mehr denn je vermisse ich meine Frau und alles, was sie mir schon bedeutet. Heute mehr denn je möchte ich auf andere Gedanken kommen als den immer gleichen Wunsch und die allzu bekannte Sehnsucht.

Würde ich, um nach Hause zu kommen, wild um mich schießen? Ohne Zögern, ohne Skrupel, wo ich es doch bis hierher geschafft habe? Würde ich das wirklich tun? Das Gewissen ist wie Eschenholz, so gut und lang mit Kraft zu biegen, ehe es bricht.

Aus Esche konnte man die besten Flitzebögen bauen. Mit dem großen Fritz. Undenkbar, dass der in dieser Stunde noch am Leben ist. Versunkene Jugend. Sollten sie nicht Söhne zeugen, neue Flitzebogenindianer, Vettern, die an Großmutters Geburtstag Pfeile schießen in die Bäume von Süderwisch? Wilde Jungs, durch nichts zu halten, freche Abenteurer. So schnell verloren sind die Brüdertage, bevor das Leben Männer fordert. Könnten sie nicht noch einmal zurück zu dem Tag, als sie einander furchtlos *Auf bald!* sagten, die Einberufung in der Hemdtasche, und sich viel zu kräftig auf die Brust klopften?

Loot di nich ünnerkriegen.

Und du loot di nich vun'n Himmel holen.

Mein Kind, denkt Johann, wird diesen Onkel niemals kennenlernen, den hat der Himmel geholt. Ewige Jagdgründe. Doch so Gott will, werde ich einmal erzählen, was für prächtige Bögen Fritz Meinert schnitzen konnte zwischen zwei Kriegen.

Johann ist kein bisschen danach, heute mehr als ein paar Zeilen zu schreiben. Auf keinen Fall will er den lieben langen Sonntag so betrübt an Emmy denken, die vor einem Jahr seine Frau geworden ist.

Also steigt er die Leiter hinab, krempelt die Hemdärmel hoch und greift sich die Heugabel; einen Ballen nach dem anderen spießt er auf und stemmt ihn hoch, wuchtet jeden von der einen Scheunenwand an die andere, stapelt so hoch und so akkurat er kann, keucht und schwitzt und denkt kein bisschen an die gemeine Traurigkeit, ein Lied im Kopf schmiert seine Muskeln, Ja, der Mensch braucht ein kleines bisschen Liebe, der nächste Heuballen, aus dem Halme rieseln, wenn er zusticht, fest und unnachgiebig, gerade sie ist im großen Weltgetriebe für das Herz wohl der schönste aller Triebe, sing, Johann, sing, und der Zinken gräbt sich tief in das trockene Bündel, alles von rechts muss heut ganz unbedingt nach links, jawohl, wer nicht erschöpft ist, denkt zu viel, denn der Mensch braucht ein großes bisschen Hoffnung, einesteils und andrerseits und außerdem.

An diesem Abend bringt Alma nicht nur etwas Kohl und Sirup und das gewaschene zweite Sockenpaar. Wortlos stellt sie zwei kleine Gläser und eine halbvolle Flasche mit klarer Flüssigkeit auf das umgedrehte Fass in der Ecke der Scheune, wo Johann manchmal isst, während Alma ihm erzählt, was sie Neues in Erfahrung gebracht hat: Kaum ein Soldat kommt jetzt auch nur für ein paar Tage heim, manche melden sich mit einem knappen Anruf ab, Fronturlaub gestrichen. Kaum ein Feldpostbrief schafft es wohl noch bis in Dorf. Berlin kämpft unterm Befehl des Führers, stand im Völkischen Beobachter, viel weiß man nicht und ahnt Böses.

»Schnaps, Tante Alma? Was denn jetzt?«

»Euer Hochzeitstag«, sagt sie und schenkt ihr Glas voller als seines.

»Dass du daran gedacht hast.«

Sie zwinkert. »Der schönste Festtag im April.«

»Na dann.«

»Wenigstens mal ein Grund zum Anstoßen.«

»Und Wilhelm?«

»Am Fenster zur Straße«, antwortet sie achselzuckend. »Niemand kommt, meint er, keine Gestapo, kein Russe, niemand. Aber ...«

Johann schaut seine Tante fragend an.

»Aber bald, sagt Willy, aber bald. Irgendwas kommt. So was fühlt er in den Knochen. Irgendwas kommt ganz bestimmt.«

Sie hat schon ausgetrunken, schenkt sich noch einmal ein, was in der Flasche bleibt, wird sie ihm dalassen.

»Zum Wohl, mein Junge. Auf die Liebe, oder etwa nicht?«

»HEUTE ALLEIN?«, fragt Johann.

»Wie du siehst.«

Drei Tage lang hat Frieda Clausen sich gar nicht blicken lassen, und nun hockt sie auf dem Pflug, lässt die Beine baumeln und verliert kein Wort über ihre beste Freundin mit der Pistole. Er geht auf und ab, fragt nicht nach, und sie sagt nur, was sie sagen will, so geht das Spiel, das sie erfunden hat und nie erklärt. Mitunter ist es, als wolle sie bei jedem Besuch in der Scheune ausprobieren, wie es wäre, erneut hier aufzukreuzen wie vor Wochen, noch einmal den fremden jungen Mann zum ersten Mal zu entdecken wie den Fuchs im Abzugeisen.

Beim Festakt für den Ortsgruppenleiter kam sie mit einer Arbeitsmaid ins Gespräch, erzählt Frieda, deren Liebster ist seit zwei Wochen Flakhelfer auf dem Stader Fliegerhorst; dort hätten sie begonnen, die Startbahnen zu zerstören und nicht mehr einsatztaugliche Maschinen zu sprengen. Der gesamte Flugplatz stehe kurz vor der Räumung, man warte täglich auf den Befehl zum Abzug. Die Briten sind bis zur Lüneburger Heide vorgerückt, will er erfahren haben, und niemand glaubt, dass die Hamburger länger als eine Woche Widerstand leisten werden.

So nah, denkt er, so nah, geht immer wieder hin und her, und Frieda fragt:

»Wie lange braucht man wohl mit einem Panzer von Lüneburg bis Engelschoff?«

Er zuckt die Achseln.

»Bei uns hier oben«, sagt Frieda, die nackte Fußsohle auf der Pflugschar, »ist der Krieg jedenfalls so gut wie vorbei, Feldwebel.«

»So gut wie.«

»Wenn deine Kameraden schon abrücken. Wenn es deine Staffel und das alles gar nicht mehr gibt, dann musst du dich nicht mehr lange fürchten.«

Er schmunzelt.

»Aber du hast ja eh keine Angst, weil Frieda Clausen auf dich achtgibt, richtig?«

»Zu Befehl, Admiral Clausen: keine Angst.« Er salutiert, ohne stehen zu bleiben. »So gut wie keine.«

»Ausgezeichnet. Wegtreten!«

Lachend wirft sie den Kopf zurück, verliert um ein Haar das Gleichgewicht auf ihrem schmalen Eisensitz.

»Admiral klingt großartig, Johann. Denkst du, das wäre etwas für mich?«

»Selbstverständlich. Du wärest ein Bild von einem Admiral. Aber deine Eltern brauchen dich auf dem Hof, nicht wahr?«

»Ja.« Sie zögert. »Und nicht nur mich. Meine Brüder fehlen und ein Knecht. Du bist doch auch ein kräftiger Bursche, Johann Meinert, und schichtest hier nur sinnlos Heuballen hin und her.«

»Sinnlos ...«

»Willst du nicht Erntehelfer sein, hier bei Onkel und Tante und nebenan bei uns? Die Landarbeiter hat uns ja der Arbeitsdienst weggeholt, weiß der Deibel, wann die zurückkommen.«

Johann stößt sich mit der Hand am Balken ab, macht auf der Stelle kehrt, marschiert zurück.

»Da wären so einige ganz froh, wenn du noch bleibst«, sagt Frieda und schaut dabei zur Decke.

»Ach ja?«

»Ach ja.«

»Und da«, sein ausgestreckter Arm weist vage Richtung Westen, »da warten einige auf mich. Wie du weißt.«

Frieda nickt, kaut auf ihrer Unterlippe mit gesenktem Kopf, dann sagt sie:

»Leni meint, es tut ihr leid, sie traut sich doch nicht an den Waffenschrank. Ihr Alter ist gerade unberechenbar, sagt sie. Wenn er denn mal heimkommt, hat er getrunken und flucht immerzu über den jämmerlichen Volkssturm und dass Steiner, der Wikinger, jetzt die letzte Hoffnung wäre für Berlin, für den Führer, für uns alle. Jedenfalls: Er tobt und sie hat Muffe.«

Johann bleibt stehen, legt den Kopf schief, schaut Frieda so lange an, bis sie ihm ins Gesicht sieht.

»Also«, sagt sie, »leider keine Wunderwaffe für den Heimweg.«

Er schüttelt den Kopf.

»Bisschen viel Fantasie, Mädchen, was? Das denkst du dir doch aus, das hat die kleine Tiedje dir im Leben nicht so erzählt.«

»Wie bitte?«

»Wahrscheinlich gibt es diese Waffe gar nicht. Interessant machen wollt ihr euch, so ist das nämlich, für euch ist der Krieg bloß ein langer BDM-Ausflug, was?«

Ohne zu zögern, hüpft Frieda vom Pflug, streicht ihren Rock glatt und bewegt sich Richtung Tor.

»Sollen wir sie fragen? Komm, wir machen einen netten Spaziergang nach Ritschermoor! Dann musst du hier nicht ständig auf und ab tigern, und dann fragst du die Leni mal, ob Frieda Clausen eine Lügnerin ist. Ja? Dass *du* sagst, ich wär nicht ehrlich, Johann Meinert. *Du*?«

Sie hält die Luft an, zwei Sekunden, vier, fünf, dann spricht sie weiter mit gewetzter Stimme.

»Sollen wir? Traust du dich? Es ist heute so herrlich da draußen. Ungelogen. Na was?«

Anstelle einer Antwort spuckt Johann vor sich aus und rammt die Stiefelspitze in den Boden, als trete er eine Zigarette aus.

»Deern«, knurrt er, »Deern ...«

Und die Deern lässt ihm, ehe sie verschwindet, noch einen Blick zurück, der winselnd ist und kläffend zugleich.

DA IST EIN QUERBALKEN, an der Unterseite des Heubodens, der eignet sich recht gut für Klimmzüge vor der Nachtruhe. Erschöpft, so hat er festgestellt, sind noch die schlimmsten Träume milder.

Johann hat die Klimmzüge gezählt und wieder vergessen, wie viele er geschafft hat, von vorn begonnen und keuchend aufgegeben. Immer wenn er die Finger löst, sich fallen lässt, spürt er den Schmerz im Knie bei der Landung. Waren es sieben oder neun? Noch einmal hinauf. Ist die Kraftübung nicht so vergeblich wie das Auf- und Abmarschieren? Und wann kommt diese dreiste Deern zurück, die ihn ganz rammdösig macht?

Nach dem achten rutscht er ab und ein Spleiß bohrt sich tief in den Ringfinger, wo man noch die kleine Narbe vom Waldsee sieht. Beim Schnitzen, zwei Herzen, wie lange liegt das zurück, verdammt?

Jetzt muss er fluchen, außer Atem, flucht, zieht den Span raus und schleudert ihn ins Dunkel. Stoppt das Blut mit dem Rasierhandtuch, schaut feindselig hoch zum Gebälk, und alles in ihm flucht. Flucht, weil Emmy nicht hier ist, für die er tausend Herzen schnitzen und Splitter fangen würde, flucht, weil die kleine Clausen nicht auftaucht. Mulmig ist ihm, also flucht er, weil er weder kämpft noch siegt, weil nichts gewiss ist außer der ungefähren Furcht – welcher Tag ist heute, und welchen Unterschied macht's?

Von Almas Schnapsvorrat gießt er ein paar Tropfen über die Hand, den Rest der kleinen Pulle trinkt er fort und schmatzt laut, als wäre er dann weniger allein.

Die Wunde schrinnt.

Eine Nacht und einen halben Tag muss er die Halme aus den Ballen starren, bis Frieda wieder aufkreuzt. Bester Dinge, als wäre die Zeit ein Radiergummi und ihre jüngste Drohgebärde, nachdem er sie der Lüge bezichtigt hat, unleserlich verwischt.

Engelschoff, an einem gleichgültigen Apriltag 45, denkt Johann, als sie die Hand zum Gruß hebt und die Leiter zu seinem Fuchsbau erklimmt: Frieda Clausen, das Mädchen aus Hoffen und Bangen, die Frieda mit dem sturen, klugen Herzen, die kommt und geht, wie sie will. Heute im schwarzen Rock, Schuhe statt Stiefel, am Blusenärmel etwas Grünes, hat sich, zum wievielten Mal?, durchs hohe Gras herübergeschlichen. Frisur heute linksseitig verändert, Augen bohrend hell wie immer. Trägt Einweckglas bei sich. Unklar, ob kratziger Laune oder nicht.

Er steht auf und geht auf sie zu, nimmt ihr das Glas ab. Kirschen.

»Hast du dich verletzt?«, fragt sie, noch auf der letzten Sprosse, weil er den Finger mit einem Stoffstreifen verbunden hat. »Hast du wieder mit dem Messer gespielt?«

»Hast du dir da eine Locke gedreht?«, fragt er zurück.

»Hast du mich gestern eine Lügnerin genannt?«

»Hast du gedroht, mich auszuliefern?«

»Hast du –«

Er stellt die Kirschen auf den Boden.

»Geben wir uns die Hand?«

Sie blinzelt, wie um der Welt um sie herum zu zeigen, dass sie ein ganz eigenes Blinzeln blinzeln kann und längst nicht zu allem Ja und Amen sagt.

»Die Kirschen sind für dich, Bangbüx. Aus Jork vom letzten Sommer.«

»Hier ist meine Hand«, sagt Johann.

»Ist das eine Entschuldigung?«

Johann deutet auf das Einweckglas. »Ist das eine?«

»Du stolzer Feigling!«

Sie schlägt ein, rau und warm.

»Ich nehme deine Entschuldigung an, Herr Feldwebel.«

»Ich akzeptiere deine Kirschen, Admiral Clausen.«

Beim BDM, erzählt Frieda später – ohne die Kirsche auf dem Weg von Johanns Fingern zu seinem Mund aus den Augen zu lassen –, hätten sie über ihre Wünsche für die Zukunft geredet wie über den Maifeiertag.

»Was denn für Wünsche?«

»Na ja, was Mädels sich so wünschen im Leben.«

»Ah.« Er hebt die Brauen, als habe er verstanden.

Die eine wolle die andere überbieten, erklärt Frieda weiter, wenn's darum ging, wie viele Kinder sie dem Führer, hoch soll er übrigens leben, später einmal schenken wollten für sein Reich und seinen Sieg. Die Lauteste sei die Ingeborg Finkler gewesen, Pastorentochter mit schiefen Beinen, die wolle doch glatt ein halbes Dutzend, mit Gottes Hilfe, sagt sie. Die hätten sie aber ordentlich aufgezogen, dass da außer Gott schon noch wer anders helfen müsste und ob ihr Verehrer vom Volkssturm denn nach dem Schanzenbau am Abend noch zu begeistern sei für die Kommandoaktion Sechslinge.

Johann schmunzelt, die Zähne rot verfärbt, doch ganz ernst fügt Frieda hinzu, dass Ingeborgs Liebster noch diese Woche nach Hamburg müsse, da postierten sie die großen Jungs seit Neuestem mit Panzerfäusten an den Straßen stadtauswärts, Panzerfäuste, stell dir vor, bis zum letzten Mann, heißt es ...

Sie spricht nicht weiter, Johann kaut und schluckt schwer.

»Um Freiheit und Leben«, sagt Frieda, »das steht auf den Plakaten. Du hast da was.« Sie legt die Fingerspitze unter ihren Mundwinkel.

»Bis zum letzten«, murmelt Johann, und Frieda beugt sich vor, um das Fruchtfleisch von seinem Kinn zu schnippen.

»Und du«, fragt er, »wie viele Kinder wünschst du dir?«

»Man darf sich doch auch was anderes wünschen, oder nicht? Kinder kommen früh genug. Ich würde was lernen wollen vorher. Fürs Leben.«

»Was denn?«

»Wenn mich die Engländer lassen, würde ich Übersetzen lernen. Oder die Amis. In Hamburg vielleicht oder auch mal nach London, wenn … die Zeiten sich geändert haben.«

»Sieh an.«

Frieda klatscht in die Hände. »Ja, du bist nicht der Einzige, der hier wegmöchte, Herr Feldwebel, aber …«

Fragend hebt er den Blick.

»Meine Eltern. Der Hof. Ich weiß nicht. Ich weiß noch nicht.«

Er holt Luft, doch sie ist schneller. »Man sucht sich sein Leben nicht aus, sagt mein Vater.«

Achselzuckend sagt Johann: »Kann sein, er hat recht.«

Friedas Miene verdunkelt sich.

»Ja? Kann sein, er meint sein Leben und nicht meines.«

Wortlos schaut sie in Johanns Augen und er weicht nicht aus.

JENSEITS VON ENGELSCHOFF zerfällt das Reich, sterben Angreifer und Verteidiger, brennt alles. Das Land ein Krater, erschüttert, verloren und sterbenskrank.

Nachrichten erreichen das Dorf verspätet und zerstückelt. Mal ist es Frieda, die etwas aufschnappt und Johann zuträgt, mal berichtet Tante Alma, dass Wilhelm etwas ganz anderes gehört habe. Johann verharrt in Erwartung, von Gerüchten befeuert, will schließlich nichts mehr geben auf Voraussagen und hört nicht hin, wenn Frieda behauptet, es sei der 23. oder 27. oder 46. April, was macht es.

Sie hat mehr Locken gedreht.

Aufrechter hockt sie auf dem Heuballen, den Kopf neigt sie auf eine neue Weise, wenn sie Johann zuhört, der ein paar Zeilen entworfen hat und vorliest.

»... und so, liebste Emmy, wünsche ich wie bei jedem nicht abgeschickten Engelschoffer Brief, dass dieser nun der letzte sein möge und dass ich ...«

»Ja?«

»Weiter bin ich noch nicht«, gibt Johann zu.

Frieda schiebt die Unterlippe vor, schließt die Augen. Nach ein paar Sekunden sagt sie: »... dass ich alles, was ich auf dem Herzen habe, dir morgen schon von Angesicht sagen dürfte.«

»Morgen schon?«

»Das steht für ›so bald wie möglich‹.«

»Jaja.«

Johann schreibt, bricht ab, schreibt weiter, plötzlich lässt er den Bleistift fallen.

»Müde Finger, Feldwebel? Zu viele Klimmzüge?«

Mit einem Räuspern, kaum hörbar und ganz rasch sagt er:

»Lieber heute als morgen will ich dich und unser Kind so fest in meine Arme schließen, dass ihr wisst, ihr seid in Liebe beschützt.«

»Oh«, Frieda errötet, »ja, das klingt ... gut, denke ich. Aber woher weißt du ...?«

Mit einem rastlosen Seufzen legt er den Briefbogen beiseite.

»Du hast nichts gesagt«, stellt Frieda fest, etwas kühler.

»Weil ich nur weiß«, erklärt er haspelnd, »dass sie ein Kind erwartet hat, dass Emmy, dass sie – im Juni war das, und – sie war ganz sicher, aber der letzte Brief liegt so lange zurück! Von Juni bis Frühjahr, verstehst du, das kann man ausrechnen, aber ich weiß doch nicht einmal, ob alles gut gegangen ist, ob –«

»Ob Junge oder Mädchen«, sagt Frieda.

»Nicht einmal das weiß ich! Ich will mir meine Frau und das Kind vorstellen, abends vorm Einschlafen, aber wie sieht es aus, ich weiß ja gar nichts, außer dass Emmy auf mich wartet, fuffzig lächerliche Kilometer von hier! Welche Angst sie haben muss.«

Mit Mühe atmet er etwas ruhiger. »Sie wartet, Frieda. Sie wartet und muss längst denken, muss doch hundertmal schon gedacht haben, dass sie vergebens wartet, verstehst du.«

Er schluckt schwer und kneift die Augen zu, geballte Fäuste auf den Oberschenkeln.

»Ich kann ja Emmy nicht mal sagen, dass ich am Leben bin« – er lacht auf –, »wenn das hier ein Leben ist, das Kauern und Wimmern, dieses ganze rührselige Elend, ich hab es so satt, Frieda, so satt!«

Langsam streckt Frieda die Hand aus und legt sie wie ein kühles Tuch auf Johanns Narbe am Finger.

»Ganz ruhig, Herr Feldwebel, sei ganz ruhig, ja? Lass uns – ich weiß, was wir tun: Wenn du heimkommst, dann wirst du dein Kind in den Schlaf singen! Du wirst heimkehren als Vater und bringst ein eigenes Wiegenlied mit. Das wäre doch eine schöne Sache in hässlichen Zeiten, was?«

»Singen? Deern, was redest du denn wieder?«

Frieda lässt Johanns Hand los, um sich nach dem Bleistift

zu bücken, der hinter den kleinen Rasierspiegel gerollt ist. Sie greift nach dem Blatt, zieht eine beherzte Linie unter den angefangenen Brief.

Johann reibt sich die verheulten Augen, beobachtet, wie Frieda sacht mit dem Bleistift dirigiert und nach einer Weile zu summen beginnt.

»Dein Tag geht zu Ende,
hast alles vollbracht.
Geweint und gelächelt
von früh bis zur Nacht.«

Sie hält inne, schaut Johann an, bemerkt ein Zucken unter blutroten Wangen.

»Anfangen ist immer leicht«, sagt sie, »aber wie weiter?«

Sie atmet ein, bricht ab, nimmt neuen Anlauf:

»Und willst doch so gerne viel mehr heut noch tun:
Rückwarts drehen, einmal fallen, feste stehen auf den Ballen –«, sie wiegt sich zur gerade ausgedachten Melodie, »weiter weiß ich gerade nicht.«

»Das war ganz schön«, sagt Johann.

»Hm, vielleicht die zweite Strophe.«

Wieder nimmt sie den Bleistift als Taktstock.

»Und hast du geschlafen,
beginnst du noch mal
mit Lächeln am Gipfel
und Weinen im Tal.«

Da fällt Johann ein, als hätte er auf seinen Einsatz gewartet:

»Aufwärts klettern, runterlaufen, ganz erschöpft und dankbar schnaufen –«

Und Frieda hebt die Hand, um sogleich zu übernehmen.

»Du todmüdes Kind bist längst doch so klug:
Ein Tag auf der Welt ist niemals genug.«

Der Taktbleistift ruht in ihrem Schoß, in Meinerts Scheune ist es vollkommen still.

»Jetzt lächelst du, Feldwebel?«

»Ja.«

»Ich glaub, so traurig kann keiner lächeln wie du.«

Er steht auf, wischt sich durch das Gesicht, geht einmal um Frieda auf ihrem Heuballen herum, die rührt sich nicht. Johann beugt sich vor, streicht diese Locke beiseite, die das Auge verdeckt, hält sie fest, um Frieda Clausen ganz genau anzuschauen, ganz nah.

»Starren Sie mich an, Herr Feldwebel? Muss das sein?«

»Das mache ich wohl«, sagt er. »Diese Stirn ...«

Leicht tippt er an Friedas Schläfe, lässt die Fingerkuppe dort für drei Augenblicke.

Frieda schaut ihn von der Seite an, ohne den Kopf zu drehen.

»Was?«, fragt sie tonlos.

Er zieht die Hand zurück und richtet sich auf.

»Was dahintersteckt. Mann. Du hast ja ein ganzes Leben im Kopf.«

AM NÄCHSTEN TAG greifen sie wieder auf, was sie von der Melodie behalten haben. Sie entwerfen und probieren und korrigieren ein paar Zeilen, summen und stocken und wieder von vorn, *Und hast du geschlafen, beginnst du noch mal.*

»Jetzt die letzte«, sagt Johann, »mit himmelhoch«, und wieder wiegt Frieda sich zu den Klängen, mit denen sie gestern gegangen und heute zurückgekommen ist, mit dieser Locke vor der Stirn. Mit einer Stimme, die singen kann, gerade so, als wäre es an der Zeit, wieder Lieder zu singen zwischen einer Nacht und der nächsten.

»Willst himmelhoch fliegen,
ein Vogel im Wind.
So schlaf nur und träume
und fliege, mein Kind.«

Ihr Oberkörper bewegt sich noch weiter, seitwärts und zurück, das Lied scheint nicht zu enden in ihrem Kopf, sie singt es wohl, bis alle schlafen, stumm. Singt, bis Johanns Kind schläft, das sie nicht kennt und er nicht.

»Frieda?«

»Ja?«

»Lass uns ein bisschen tanzen.«

»Tanzen, Feldwebel?«

»Zu deiner Melodie, ja. Das ist doch wohl ein Walzer, oder wie?«

»Hier?«, fragt sie. »Den Heubodenwalzer?«

Johann entgeht nicht, dass sie rot geworden ist. Er steigt auf die Leiter. »Draußen. Es ist herrlichster April. Na los!«

»Das ist doch riskant.«

»Jetzt komm!«

Zögerlich folgt sie ihm, setzt den Fuß auf jede oft erprobte Sprosse, als müsste die heute unweigerlich brechen. Unten angekommen sieht sie an sich herab, streicht das Kleid glatt, während Johann das Tor aufschiebt. Grell fällt Mittagslicht herein,

Frieda blinzelt. Johann kontrolliert das Umfeld, wendet sich ihr zu, breitet die Arme aus, um ihr zu signalisieren, die Luft ist rein. Lässt sie erst gar nicht wieder fallen und stimmt Friedas Melodie an, lässt sich von ihr auf die Lippen schauen, während sie näher tritt, die Lippen, die die Töne machen wie gestern, für das Kind, das bald schon schlafen soll.

»Dein Tag geht zu Ende«, und wie gestochen kräht drüben vom Stall der alte Hahn dazwischen. Noch einmal:

»Dein Tag geht zu Ende,
so träumt jedes Kind.
Ich wünschte, du träumest –
Was ist, Frieda Clausen, kannst du keinen Walzer?«

Sie zuckt die Achseln, er singt weiter.

»Wie im Schlafen, so im Wachen, Tränen trocknen, wenn wir lachen.«

Mit drei Schritten ist sie bei ihm, hebt die Arme und winkelt sie an, wie es ihr vor zwei Jahren noch vor dem Tanzverbot die große Cousine gezeigt hat, und dann schließt sie die Augen.

»Na denn«, sagt Johann, greift ihre rechte Hand, legt ihre linke auf seiner Schulter ab, »wenn du die Augen zulässt, muss ich wohl aufpassen, dass du nicht über die Forke und den Eimer fällst.«

»Ja«, sagt sie, »pass du auf, Johann.«

Indem er wieder zu summen beginnt, führt er sie mit der Rechten an ihrer Hüfte, kleine Schritte Richtung Zaun, einen großen weg von der Forke, zwei kleine im Halbkreis.

»Rückwärts ist gar nicht so leicht«, sagt Frieda, »wenn man die Augen schließt.«

»Du könntest sie öffnen«, entgegnet er, »wo steht geschrieben, dass man Walzer, ohne hinzuschauen, tanzt?«

Ein schüchternes Lächeln, eine hochgezogene Braue. »Es steht nicht alles geschrieben, weißt du.«

Anstatt einer Antwort singt und brummt Johann abwechselnd die Zeilen, die ihm gerade einfallen, er muss sich auf die Füße konzentrieren, auf seine, ihre, sie tanzen auf Schotter und Gras, »*Und hast du geschlafen, Ein Vogel im Wind.*«

Irgendwann wiegen sie sich nur noch, schweigend, Johann könnte nicht sagen, wer oder was ihnen den Takt vorgibt, nur noch ein Scharren ihrer Füße ist zu hören, und dabei studiert er Friedas Miene, mal träumend, mal aufmerksam, ein wenig besorgt vielleicht, dass sie stolpern könnte.

Über den Feldern ist es still heute, ein paar Möwen segeln landeinwärts, Johann hat keine Bomberüberflüge registriert seit drei oder vier Tagen. Ein ruhiges Blau hat sich breitgemacht, der Frost wird nicht zurückkommen. Vielleicht muss Hamburg keine weiteren Angriffe fürchten, wenn aus Stade keine Jäger zu seiner Verteidigung mehr aufsteigen; vielleicht ist die große Stadt in die Knie gezwungen, ohne dass noch einmal Tonnen über Tonnen abgeworfen werden müssen. Vielleicht ist der Waffenstillstand längst erzwungen, denkt Johann, unterschrieben gar, in diesem lautlosen Moment, und sie wissen es nur noch nicht.

Er dreht Frieda ein bisschen schneller, er weiß nun, wo die Erdlöcher zu umschiffen sind und die Pferdehaufen. Sie passt sich an, er spürt, wie sie ihm vertraut. Wie vertraut sie ihm ist.

»Frieda?«

Abrupt bleibt er stehen, sie strauchelt, die Augen noch immer geschlossen, er hätte sie aufgefangen.

»Ich verdanke dir eine ganze Menge, Frieda, das muss ich dir sagen. Eine ganz schöne Menge.«

Sie nickt, ohne ihn loszulassen. In der nächsten Sekunde könnten sie den Walzer wiederaufnehmen.

»Nicht nur das Lied, meine ich, viel mehr als das. Aber das Lied, das kann ich mitnehmen, das ist ja noch einmal schöner als das Brot, das ich gegessen habe, und die Briefe, die ich nicht abschicke. Also: danke, Frieda Clausen.«

Noch einmal nickt Frieda, will ihn wohl ermuntern weiterzusprechen, doch er hat alles gesagt und löst sich nun aus der Tanzhaltung.

Friedas Arme verharren noch einen Moment in der Luft. Sie hebt ihr Kinn. »Dann soll ich die Augen also wieder aufmachen?«

»Ich weiß nicht«, sagt er, »wenn das ein Frieda-Spiel ist und du läufst so bis nach drüben, dann wirst du wohl in Wilhelms Stacheldraht landen.«

Sie lacht auf, öffnet die Augen. »Da hab mal keine Sorge, dass ich –«

In diesem Moment nimmt Johann im Augenwinkel einen Schatten an der Grundstücksgrenze wahr, ein Pferd mit Reiter, keine hundert Schritte entfernt, und hält, ohne nachzudenken, Frieda den Mund zu.

»Dein Vater!«

Er zieht sie nach unten, grob und rasch, damit sie nicht entdeckt werden, dabei knickt Frieda um, schreit vor Schmerz, von seiner Hand erstickt, auf Knien hocken sie beieinander, »Sei doch still! Dein Vater! Auf der Weide!«, doch sie greint und schnauft, schlägt nach seinem Arm, würgt und beißt in Johanns Hand, er unterdrückt ein Fluchen, packt sie, und sie macht sich wild los, beide ringen am Boden miteinander, unentdeckt, bis Johann Friedas Arme schließlich mit seinen so fest an ihren Körper presst, dass sie sich nicht mehr rühren, dass sie nicht nach ihm schlagen kann.

Sie hören, wie Hufgetrappel sich entfernt.

»Du tust mir weh.«

»Wolltest du schreien, bis dein Alter uns hört? Das ist kein Spiel, verdammt.«

»So, du hast genug vom Spielen, du willst was Ernstes tun?«

Er runzelt die Stirn, wischt sich den Schweiß ab. »Was soll

das wieder? Du solltest nur einfach nicht so laut sein. So leichtsinnig.« Er betrachtet seine Hand mit dem Abdruck ihrer Zähne.

»Du bist doch ein Mann, da kannst du mir den Mund gerade so gut mit deinem Mund verbieten.«

»Das werd ich nicht, da musst du gar nicht zwinkern, junge Frau.«

»Noch bin ich keine Frau, nicht richtig.«

»Frieda!«

»Weil du so tust, als hätt der Ehemann mehr Ehre im Leib wie der Soldat.«

Er rückt von ihr ab, schüttelt den Kopf.

»Welche Angst willst du mir machen? Ich kenn so einige. Es reicht. Es ist genug.«

Sie setzt sich auf, pustet verschwitzte Strähnen aus dem Gesicht.

»Wen soll ich denn liebhaben, wenn du fortgehst, Feldwebel, wen? Die kann ich doch an einer Hand abzählen, die da demnächst ins Dorf zurückkommen, und alles weggeschossen wahrscheinlich!« Ihre Stimme kippt. »Willst du mich den Krüppeln von Engelschoff blütenrein übergeben?«

»Du weißt nicht, was du redest.«

»Ein Heuchler bist du und hast mich lieb und traust dich nicht!«

»Du weißt, ich bin vergeben«, presst er hervor.

»Hans.« Sie streckt die Finger nach dem roten Abdruck auf seiner Hand aus. »Hans.«

»Nein!« Er rappelt sich auf. »Aufstehen, bitte, und nicht weinen. Bitte.«

»Nicht weinen, ja? Nicht weinen?«

Wortlos dreht Johann sich weg, richtet Hosenträger und Hemd.

»Johann? Bin ich so wenig für dich?«

Langsam steht Frieda auf, unendlich langsam, klopft den Dreck von ihrer Kleidung.

»Bist du mir feind?«, fragt er so leise, als wollte er die Wut nicht noch einmal wecken.

Sie muss sich räuspern, zweimal, dreimal, bis sie einen klaren Ton findet, wie um anzukündigen, dass sie beim nächsten Besuch dunkles statt helles Brot mitbrächte.

»Ich muss dann los«, sagt sie zu ihm, der sich nicht umdreht, um sie anzuschauen. »Mein alter Herr sollte wissen, dass sich ein Vaterlandsverräter in der Nachbarschaft verschanzt hat. Ich schätze, so was muss man wohl der Gauleitung melden, wie sieht das sonst aus.«

Drei Schritte macht sie rückwärts, Johann rührt sich nicht. Noch vier Schritte in Richtung Weide. Noch drei, dann hat sie die Ecke der Scheune erreicht. Sie ist fort.

Rückwärts drehen, einmal fallen, feste stehen auf den Ballen.

Also dann – verloren. Wenn das ein Spiel war, was sie mit ihm getrieben hat, dann wird sie ihm nicht verzeihen, dass er die Regeln gebrochen hat. Auge um Auge, Kuss um Kuss, verflucht, Johann Meinert, das Mädchen wird dein Verderben, weil du so leichtsinnig warst zu tanzen und zu anständig, zu schüchtern, dumm und dämlich für den Rest.

Ein Vaterlandsverräter in der Nachbarschaft.

Gefundenes Fressen für die Jäger.

Und sie kennen seine Fluchtroute.

Nein – die sollen ihn nicht kriegen, die nicht. Niemand. Vergib mir, Emmy, das Skelett quittiert den Dienst.

Johann richtet seine Augen ein letztes Mal in den Himmel, so weit er schauen kann, dann legt er die Hände auf den Rücken, wie um nachdenklich zu spazieren, geht aber schnurstracks in die Scheune. Dort, wo Wilhelm alte Gerätschaften lagert, hat Johann kürzlich auch einen Strick liegen sehen.

Etwas neben den Tönen pfeift er bei weit offenem Tor und knüpft den Strick zur Schlinge, zieht nach und fester nach.

Vielleicht, dass jemand kommt, während er knüpft, so ganz vertieft?

Vielleicht, dass er noch einmal anstimmt, ehe jemand kommt.

Dein Tag geht zu Ende,
hast alles vollbracht.
Geweint und gelächelt

Der Balken mit dem Spleiß soll es sein. Der hält einen Menschen, bis die Seele auf und davon ist. Wie lachhaft und vergebens Johann diese Klimmzüge nun vorkommen, diese Übungen, um bei Kräften zu bleiben. Briefe, Lieder, stumpfe Zeilen, um die Zeit totzuschlagen, ehe die Zeit ihn totschlägt. Er hat sich an alles geklammert.

Die Nachmittagssonne blitzt bis in die staubstarren Winkel seiner letzten Zuflucht.

Zwei Heuballen übereinander, und dann sich abstoßen. Oder auf den umgedrehten Eimer steigen, seinen Nachttopf. Wie schnell es wohl vorüber sein wird.

Alma soll ihn nicht finden, Gott bewahre. Nein, das Mädchen selber soll sich das anschauen, wenn sie die gerechten Männer zu ihm führt. Soll sich noch an seine Knie hängen, wenn sie drauf besteht, der Splitterbalken wird's aushalten.

Viel Zeit ist nicht mehr. Vielleicht, dass er die letzte Strophe noch einmal singt, nur so für sich, mit fester Stimme, wenn es geht, doch sachte, wie sein Kind es sich wohl wünschen würde, wenn es schon Wünsche hätte an die Welt.

Felix, Valerie, Magda, Oskar.

Ich wünschte, du träumest,
dass wir bei dir sind.

Frieda kommt nicht zurück. Ihr Vater kommt nicht und der Gauleiter nicht.

Niemand kommt.

SECHS

AUF DEM GARNISONSFRIEDHOF traten sich die Leute auf die Füße.

Hunderte hatten sich versammelt, Stader Bürger, Luftwaffe, auch Gestapo war da, um Kommodore Helmut Lent das letzte Geleit zu geben.

Andächtig die Blicke zu Boden, sorgenvoll die Blicke nach oben.

Johann war in der norddeutschen Heimat, gestern Nachmittag hatte er die Elbe von oben gesehen und den Tagebucheintrag vom 11. Oktober 44 doppelt unterstrichen. Heimatfluss. So nah. Der Sarg wurde vorbeigetragen.

Langsam fing Johanns Hand an zu krampfen, denn seit fünf Minuten krallten sich seine Finger in Richards Uniformjacke, damit der nicht umfiel. Johann hatte den Oberfähnrich so hinbugsiert, dass sie die Zeremonie aus der letzten Reihe verfolgen konnten und von einer Pappel leicht verdeckt.

»Ist er versenkt, Johann?«, fragte Richard. »Ich seh nix von hier.«

»Scht!«

»Ich hab Durst, Johann.«

»Halt den Kopf unten, hab ich dir gesagt.«

»Kopf unten, zu Befehl.«

Richard ließ sein Kinn wie einen Hammer auf die Brust fallen.

»Und gesoffen hast du weiß Gott schon genug!«, zischte Johann.

»Genug gesoffen, zu Befehl.«

»Mensch, wenn der Alte das mitkriegt, kannst du dir gleich da die Grube neben dem Lent ausheben.«

Der Friedhof sprach ein Gebet, für einen Moment schwieg Richard und atmete zu laut.

»Ist er jetzt versenkt?«

Zwei verkniffene Knirpse drehten sich um, und Johann legte vorwurfsvoll den Finger an die Lippen, als wären sie es, die die Zeremonie gestört hätten.

Schon den ganzen Vormittag hatte er sich von Richard Krause anhören müssen, wie sentimental ihn Beerdigungen machten und dass er da ganz unmöglich nüchtern zuhören könne, wenn der Pfarrer und der Stützpunkt-Kommandant die letzten Worte über den abgeschossenen Flieger sprächen, nein, da werde er sentimental, das zum Mindesten, und Johann hatte gescherzt und abgewiegelt und weiter die Bordbewaffnung überprüft.

Doch in der kurzen Mittagspause hatte Richard es geschafft, sich eine für besondere Anlässe exzellent versteckte Flasche harten Brand einzuverleiben, schnell und wirkungsvoll. Nun galt es, hier irgendwie Haltung zu bewahren, keine Aufmerksamkeit zu erregen. Zum Glück war die Herbstluft auf dem Garnisonsfriedhof frischer als Richards Atem.

Eine ganze Besatzung mussten sie zu Grabe tragen. Vor fünf Tagen war dem Helden der Nacht der Backbordmotor verreckt, hieß es: Ritterkreuz, Eichenlaub, Schwerter, Brillanten – und eine Hochspannungsleitung wurde Kommodore Helmut Lent zum Verhängnis. So viel Ehre, so viel Pech, gestern dann ein Staatsakt in Berlin.

»Was meinst du, Johann«, lallte Richard, während der Pfarrer ein Lied anstimmte, »werden wir auch posthum befördert?«

»Nicht – so – laut.«

»Was möchtest du denn mal werden, wenn du tot bist? Auch Oberst, wie der Lent? Oder General der Flieger? Also, ich lass mich stante pede zum Reichsmarschall befördern, weil –«, er legte einen neunmalklugen Finger an die Stirn, traf beinah sein eigenes Auge, »weil man da nach oben nicht mehr so viel Befehlskette hat.«

Glucksend klopfte er Johann auf den Rücken, er solle mitlachen, doch der wischte Richards Arm weg und funkelte ihn an, er möge endlich die besoffene Fresse halten oder solle eben singen, *Zum Kampfe stehn wir alle schon bereit*, verflucht, aber nicht länger sie beide um Kopf und Kragen quasseln.

Da würgte Richard sein eigenes Lachen ab, schob mit dem Handballen den Mützenschirm hoch und stellte sich mühsam auf die Zehenspitzen, um über die Köpfe der Trauergemeinde hinwegblicken zu können. Ganz langsam, tief und wie mit einem Mal stocknüchtern sagte er:

»Jetzt ist er versenkt. Gott sei seiner abgestürzten Seele gnädig. Ich muss pissen.«

»KEINER TRAUT KEINEM«, brummte Oberfähnrich Richard Krause, »weil jeder Feigling auch ein Lügner ist.«

Die Besatzung, in Handschuhen und Mänteln gegen das steife Klirren Mitte Februar, musste in respektvollem Abstand zuschauen, wie ein Ingenieur und ein Oberstabsingenieur im Licht der Platzscheinwerfer ihr Flugzeug untersuchten, zwei Schritte dahinter Hauptmann Bühler, der den Rollschaden erläuterte, nach außen ruhig, kein bisschen zu erschüttern.

Sie hätten abbrechen müssen, gab Bühler zu Protokoll, das Fahrwerk sei sehr offensichtlich beschädigt, ebenso offensichtlich müsse die Startbahn II unverzüglich ausgebessert werden, um die Einsatztauglichkeit der letzten verbliebenen Maschinen nicht dauerhaft zu gefährden. Ob das den Herren Ingenieuren bewusst sei, der General wisse doch sicherlich Bescheid, der Zustand sei ja auf Dauer nicht haltbar, der deutschen Luftwaffe unwürdig.

»Clever ist er, unser Hauptmann«, flüsterte Richard, und Carl nickte etwas zu heftig.

»Wenn Mutti mit dir schimpft, weil dein Schuh nicht anständig zugebunden ist, dann beklag dich über die Schnürsenkel.«

»Nicht ganz so laut, Richard«, sagte Johann, sein Blick folgte der Atemwolke, »dem Oberstab da hängen die Ohren bis zum Schulterstück, der wartet doch nur, dass sich einer verquatscht.«

»Mir ist kalt«, sagte Carl, »wie lange dauert das? Lassen die uns was vom Abendessen übrig?«

Ob der Hauptmann ausschließen könne, fragte nun der Flieger-Oberstabsingenieur, unterm Rumpf hockend, an Bühler gewandt, doch laut genug für alle Umstehenden, dass jemand von der Besatzung bei der Flugvorbereitung den Defekt verursacht habe?

Er sagte nichts von Vorsatz, Mutwillen, Wehrkraftzersetzung,

Hochverrat, nein, er fragte einfach nur, weil er die einzig zulässige Antwort schriftlich festhalten musste. Nun?

»Jawohl, Herr Oberstleutnant.«

Bühler nahm dafür nicht einmal Haltung an, sondern erwiderte, als habe der Ranghöhere wissen wollen, ob wohl für heute noch Regen zu erwarten sei:

»Absolut auszuschließen, Herr Oberstleutnant.«

Richard stieß Johann an, deutete verstohlen auf Carl.

»Aber ich hab doch genau gesehen, wie der da einen riesigen Popel ins Triebwerk geschnipst hat. Kein Wunder, dass wir nicht starten konnten.«

»Was hab ich? Was tuschelst du denn wieder, Krause?«

»Ich tuschel nicht«, feixte er, »ich decke deinen Sabotageakt, Quicki! Du bist mir was schuldig.«

»Wat?«

»Ist gut jetzt, Männer«, ging Johann dazwischen.

Auch diesen Test auf Ehr- und Redlichkeit bestanden sie, an dem andere krachend gescheitert waren. Keiner traute keinem, denn jeder Pilot kannte einen Piloten, dem die Geschichte von einer Flugzeugbesatzung zu Ohren gekommen war, die allzu offensichtlich etwas manipuliert hatte an Seitenruder oder Bombenschacht, um in letzter Minute nicht wie geplant abheben zu müssen. Dem Feindflug entgehen und ohne Hast reparieren, was vermeintlich kaputtgegangen war durch Verschleiß oder Pech, ja, dieses vermaledeite Pech, es würde sie irgendwann den sicheren Sieg über den unterlegenen Feind kosten, nicht wahr?

Das ging schon seit dem Staatsstreich im Sommer so, wusste Bühler, Misstrauen allerorten, nahm zu im Herbst, nachdem Finnland eingeknickt war, der Russe unbeugsam, und nun war in den Ardennen am ersten Tag des Jahres der gesamte Vorrat an Siegesgewissheit zerschellt.

Wer nicht flog, musste Fragen fürchten und Nachfragen,

doch keine königlichen Abfangjäger. Vor Kälte zittern schien noch die bessere Wahl.

Der Oberstabsingenieur hatte eben den Ellbogen angewinkelt, um das Schadensprotokoll neben dem Datum des 13. Februar 1945 zu unterzeichnen, da heulte der Alarm los und hörte nicht mehr auf.

SIE BANGTEN UM IHRE MASCHINE und fragten ihren Piloten aus.

Am Waldrand von Agathenburg, in Sichtweite zu den Splitterboxen, die ihre verbliebenen Flugzeuge bei Angriffen schützen sollten, hockten Krause, Schenk und Meinert auf einem umgestürzten Stamm. Bühler stand vor ihnen, die Hände auf dem Rücken, lauschte in den Himmel, ob sich die Air Force schon wieder im Anflug befand.

Was es mit diesem Sonderkommando auf sich habe, wollte Johann wissen. In Stendal? Warum? Und was genau?

»Du gehst also, Erik?«, sagte Krause.

»Bedenkzeit bis morgen«, antwortete Bühler.

»Bedenken«, schnappte Carl, »immer alles bedenken. Verdammt, wir verkriechen uns hier alle paar Tage im Scheißunterholz, weil unser Flugplatz nicht mehr sicher ist und wir kaum noch Maschinen haben.«

»Und Sprit«, ergänzte Richard. »Und Munition.«

»Bedenken! Mit Bedenken kommen wir nicht ausm Wald.«

Mit einem Ast zog Carl tiefe Kreise in den Boden.

»Männer«, sagte Bühler, »ruhig bleiben.«

Johann hatte Hauptmann Bühler noch nie so verzagt gesehen, so zerknirscht.

»Wisst ihr noch«, begann Bühler, »als wir 43 von Arnheim nach Frankfurt verlegt haben?«

Sie nickten, Johann sah von der Seite, dass Richard sogar ein bisschen in sich hineinlächelte.

»Auch so ein Tag Anfang März«, fuhr der Hauptmann fort, »bloß viel sonniger als heute, herrlicher Ausblick aus der Kanzel über Vater Rhein.«

»Die Krause-Brücke!«, sagte Carl.

»Ganz genau, Stabsgefreiter. An dem Tag hat Richard uns erzählt, wenn er mal eine große Schlacht gewinnt, will er auch eine eigene Brücke.«

»Und du«, sagte Richard zum Hauptmann, »hast gemeint,

ich könnte mir ja ein langes Brett über die Wümme legen und das die Krause-Brücke nennen. Schönen Dank auch.«

Johann erinnerte sich. Zack, da flogen sie noch hoch über allem.

»Nun ja«, sagte Bühler, »die Ludendorff-Brücke jedenfalls, die werden unsere Männer vom Heer keine Woche mehr halten können.«

»Sprengen!«, ruft Carl aus. »Dann müssen sie sprengen.«

Mit einer Handbewegung brachte Hauptmann Bühler ihn zum Schweigen.

»Alle fragen sich, wann der Russe vor Berlin steht, aber Fakt ist, wenn wir die Amis nicht aus der Luft aufhalten, sind sie sogar noch früher da. Deswegen ...«, er atmete durch, »das Sonderkommando Elbe. Schulungslehrgang für Piloten in Stendal, Einsatz so bald wie möglich, zur Unterstützung an der Westfront. Sie werden nämlich über den Rhein kommen, Carl, und wenn keine Brücke mehr steht, fliegen sie drüber. Dann soll die Luftwaffe sie stoppen. Aufhalten, so lange wie möglich.«

»Und wieso Schulung?«, fragte Johann, der seine Mütze von rechts nach links und wieder zurück knetete. »Du bist Flieger-Ass seit Kreta, was sollst du da bitte noch lernen?«

»Manöver aus zehntausend«, erklärte Bühler mit belegter Stimme, »umgebaute Messerschmitts, nur ein MG. Rammen sollen wir. Und aussteigen.«

Keiner sprach ein Wort, nicht einmal Carl, bis schließlich Richard sich auf die Oberschenkel klopfte und aufstand, als sei er derjenige, der eine Besprechung für beendet erklärt: »Das ist ja mal klar, dass du hierbleibst, Hauptmann. Wenn diese Sache da freiwillig ist, dann bleibst du freiwillig bei deinen Leuten. Hier. Richtig?«

»Ich weiß es nicht, Richard.«

»Du musst das doch nicht wollen«, sagte Johann, weil er Richard beipflichten wollte, obwohl alles gesagt war.

»Chancen laut Oberst Herrmann bei etwa zehn Prozent«, murmelte Bühler.

»Zehn?«, krächzte Carl. »Mensch ...«

»Tja«, seufzte Richard und warf Erdbrocken gegen seine Stiefel, »die Sache ist die: Diese Woche fragen sie nach Freiwilligen, nächste Woche sind sie vielleicht weniger höflich.«

»Glaube ich nicht«, sagte Bühler.

»Ich auch nicht!«, sagte Carl.

»Trotzdem«, sagte Johann.

»Eben«, schloss Richard. »Trotzdem. Der Krieg ist eine Knochenmühle, und da bist du mal besser der Müller und nicht das Mehl, mein Freund!«

Carl brach seinen Ast durch. »Soll ich dir mal was sagen, Richard, deine oberschlauen Sprüche, die hab ich noch nie verstanden, und dem Hauptmann bringen sie auch nix.«

Bühler schmunzelte. »Lass mal gut sein, Quicki. Lass mal.«

Er deutete nach oben, alles ruhig im Luftraum über Stade.

»Ich schätze, in einer Stunde können wir zurück. Ist nicht heute auch noch großes Kino?«

»Heute nicht«, sagte Johann. »Dienstag.«

»Was läuft denn?« Richard grunzte. »*Das Schweigen im Walde?*«

»Nee. *Hab mich lieb.*«

SIEBEN

DER HITLER SEI TOT, sagt die Tante ohne einen Gruß, und keinen Tag zu früh, beim lieben Gott noch mal!

Die Hände gegen die Hüften gepresst, baut Alma sich schnaufend über ihrem Neffen auf, der zur Mittagszeit im hohen Gras liegt, stößt ihn mit dem Fuß in die Seite und hält ihm eine Flasche Saft hin.

»Ach, und der Ulrich Tiedje vom Ritschermoor soll sich auch erschossen haben.«

Johann reibt sich die Augen, muss erst noch begreifen, was die Nachricht bedeutet, dann rappelt er sich auf, verquollen, und seine Finger tasten nach der Gurgel, wo Tante Alma keine Striemen von gestern erkennen wird. Feige war er, schicksalsergeben, und etwas Schnaps war auch noch da. Stundenlang hat er sich gewälzt, kaum müde oder betrunken genug, schließlich im Morgengrauen den Strick vom Balken losgeknotet und sich draußen neben den Weidezaun gelegt, wo Schlaf und Traum ihn anfielen.

»Du ratzt wohl nur noch, was?«, sagt seine Tante.

Nickend steckt Johann das Hemd in die Hose, nimmt Alma die Flasche aus der Hand und sagt nach einem gierigen Schluck: »Danke für alles!«

»Wie? Ach, das ist gern geschehen, Jung, das weißt du doch.«

»Dann hau ich jetzt ab.«

»Nix da.« Sie hält ihn am Arm fest. »Irgendwer muss einen Frieden aushandeln, sagt Willy, irgendwer in Berlin, der noch alle goldenen Knöpfe an der Jacke hat.«

»Was denn, etwa noch mal warten? Wieder warten? Auf Verhandlungen?«

»Zwei, drei Tage höchstens, dein Onkel sitzt doch am Empfänger, und dann sagt er dir Bescheid, wenn die Luft rein ist.«

Johann schüttelt die unklare Mischung aus Erleichterung und Enttäuschung ab, nimmt einen Schluck aus der Bügelflasche, dann lächelt er seiner Tante in das graue Gesicht.

»Fast zwei Monate bin ich jetzt hier. Und deinen Obstsaft werde ich vermissen.«

Plötzlich schnellt ihre Hand hoch und sie kneift ihn wie einen Lausbuben.

»Wenn Willy kommt, ist der Krieg vorbei. Verstehen wir uns?«

Johann greift ihren Zeige- und Mittelfinger, löst sie von seiner Wange und hält Almas Hand fest, drückt sie, schüttelt mild den Kopf.

»Wenn ich zu Hause bin, dann ist der Krieg vorbei.«

Dieses Mal hat Alma nichts zu erwidern.

Tags darauf lässt Johann sich überreden und überzeugen am Mittwoch, und auch früh am Donnerstag, schon frisch rasiert zum Aufbruch, mag er sich nicht gegen Almas Wunsch und Willen stellen, die ihn bekniet, nicht dümmer zu sein als unbedingt nötig, Düvel ook. Nach sechs Jahren Krieg könne man doch wohl sechs Tage auf einen Waffenstillstand warten, bisher habe nun mal der Führer alles unterschrieben.

Am Abend aber taucht sie ein zweites Mal auf, nachdem Nachbar Clausen bei ihnen geklopft habe.

»Der Clausen?« Johann schluckt, Frieda ist nicht mehr aufgetaucht, im Traum hat er sie gestern noch gestreichelt und geknebelt.

Hamburg habe gerade kapituliert, berichtet die Tante, im Norden dürfte kein Schuss mehr fallen. Und wer noch Bücher oder Bilder mit dem Hakenkreuz hätte, der sollte besser heut als morgen ein schönes Maifeuer auf der Weide machen, sie bekämen Besuch aus Übersee. Sicher dürfe Johann in den nächsten Tagen ganz offiziell nach Hause.

Seine Antwort ist ein langes und entschiedenes Kopfschütteln.

Am ersten Freitag im Mai, die Kühe sind gerade erst gemolken, schlägt Johann Meinert, 25, desertiert von der Luftwaffe, Almas Ratschläge ein für alle Mal in den Wind.

Als letzten Gefallen bittet er seine Tante um ein frisches Hemd und ein wenig Proviant für den Fußmarsch nach Süderwisch. Mehr brauche er nicht.

»So, so«, brummt sie nur, »mehr brauchst du also nicht«, und trottet unendlich langsam zurück zum Haus.

Anschließend stapelt Johann die Ballen so akkurat, als habe sich schon der nächste Gast für das Bett im Heu angemeldet. Sammelt sein Hab und Gut zusammen, verstaut die Briefe im Rucksack, das Tuch mit dem Bernstein in der Hosentasche, er schnürt die Stiefel neu, klaubt Kiesel aus dem Fußbett, da steht sein Onkel vor dem Scheunentor.

Wilhelm Meinert hat wahrhaftig seinen Wachposten verlassen. Die Luft muss rein sein. Vorbei, vorbei, ein für alle Mal!

»Onkel Willy!«

Auf Socken springt Johann auf, zu schnell für das Knie, doch der Schmerz ist unerheblich.

Der gedrungene Mann in seinem blauen Kittel reicht ihm Proviant, eine zweite Feldflasche, eingewickeltes Brot, und ein weißes Bündel, Hemd und Unterhemd. Johann nimmt alles mit beiden Händen entgegen wie zerbrechliche Erbstücke.

Wortlos mustert der Neffe den Onkel, der noch nie im Leben ein hochdeutsches Wort an ihn gerichtet hat. Wilhelm lässt die Hände in die Taschen seiner Cordhose gleiten, ehe seine Worte den Weg finden.

»Nu aber af no Huus, hm?«

Johann nickt.

»Jo, Onkel Willy. Nu geiht dat no Huus.«

Und weil Wilhelm ihn unstet anschaut, als hätten sie schon viel zu lang geplaudert, erzählt Johann von dem köstlichen Aquavit, den er für den Onkel gekauft und verwahrt und vor den durstigsten Kameraden versteckt und dann doch in Stade zurückgelassen habe; er werde eine Flasche guten Schnaps auftreiben und damit wiederkommen, ganz bestimmt, sie müssten doch anstoßen, das müssten sie unbedingt, er werde es nicht vergessen, wie er auch die Hemden gewaschen zurückbringen werde. Nein, er werde doch im ganzen Leben, was er an Güte erfahren hat in diesen Wochen, nicht vergessen, das solle der Onkel nur ja nicht glauben, oh, er wisse ganz genau, was er an seinem guten, alten Paten habe, und an der Tante, natürlich, die doch ganz gewiss noch mal zurückkäme für ein Lebewohl?

Dann verschluckt er sich, als er Luft holen will, um all seine Dankbarkeit auszudrücken mit noch mehr Sätzen, die nirgends zu finden sind, aber noch während Johann röchelt, sagt sein Onkel:

»Dat weer allens to veel.«

Fragend schaut Johann in Wilhelms Gesicht, in dem alles zugleich klar und dunkel scheint.

»Dat kann keen Minsch vergeten.«

Mit dem Kinn deutet der Onkel in die Richtung, in der unfehlbar Süderwisch liegt, wo sein Bruder Hermann Meinert wartet, dass all die Söhne endlich heimkommen – Fritz, Johann, Rudi, Helmut –, heim aus dem Krieg, den auch sie ums Verrecken nicht gewinnen konnten.

»Af no Huus, Jung. Du hest noch din Leben.«

Damit dreht Wilhelm sich um und ist verschwunden.

DIE SCHEUNE HAT ER AUSGEFEGT, in großen, weiten Schwüngen, dann ist nichts mehr zu tun, nichts abzuwarten.

Alma hat Wilhelm geschickt, den Onkel, mit Wegzehrung und frischer Wäsche, das war ihr Abschiedsgruß. Wenn Willy kommt, ist der Krieg vorbei, hat sie gesagt und wird nicht noch einmal auftauchen, um den dummen Neffen aufzuhalten für Stunden oder Tage, sie hat alles getan.

Einen Löffel hat er noch gefunden, den platziert er gut sichtbar auf dem Schemel neben dem Pflug. Schultert das Gepäck und atmet durch. Ein mühsamer Marsch liegt vor ihm. Er wird nicht lange rasten können, wenn er Süderwisch vor Einbruch der Dunkelheit erreichen will.

Jetzt ist's Zeit.

»Johann? Johann?«

Er hebt den Kopf. Die Stimme von Frieda Clausen saust an Graben und Koppel vorbei, ehe er ihren Schatten an der Ecke der Scheune sieht, dann bremst sie ab, holt Luft, um noch einmal zu rufen, entdeckt Johann und stößt ein Lachen hervor.

»Feldwebel, du bist noch da!«

Die Strickjacke offen, stürmt sie auf ihn zu, als wäre nichts gewesen, boxt ihn gegen die Schulter, »Na, Feldwebel?«, und bevor er noch versteht, was sie vorhat, greift sie hinter ihn, tritt zur Seite und zieht mit aller Kraft an seinem Rucksack, dass Johann zu Boden geht.

»Frieda«, grummelt er, »was soll das denn?«

»Du wolltest gerade weg?«

»Das wollte ich.«

»Hast du mich nicht vermisst?«

Sie streckt die Hand aus, um ihm aufzuhelfen.

»Wolltest du mich nicht verraten?«, fragt er zurück.

Wieder das Lachen, ein Peitschenhieb. »Ich habe dich begnadigt. Nun steh schon auf.«

»Du hast ... was?« Johanns Mund steht offen.

Achselzuckend bietet sie ihm noch mal die Hand, damit er wieder hochkommt. Er schlägt ein, dann reißt er sie plötzlich ruckartig zu sich heran, beugt sich vor, bis ihr Gesicht direkt vor seinem ist und sie einander fast schmecken können.

»Tu das nie wieder, Mädchen, tu das nie mehr.«

Ihr Blick huscht über seine Augen, sein Gepäck, die Scheune, den Himmel.

»Was denn, was meinst du?«

Johann krallt seine Finger in ihren Unterarm.

»Nie wieder«, schnauft er, »nie mehr jemanden begnadigen, hörst du? Ob du mich verstanden hast?«

Leise und bestimmt sagt sie: »Lass mich jetzt los«, und er tut es. Steht mühsam auf, prüft die Rucksackgurte, wartet mit verschränkten Armen, ob sie noch etwas sagen will.

»Tante Alma hat gemeint, du willst nicht mehr warten bis zum Frieden.«

»Bei uns hier ist kein Krieg mehr.«

»So?«

»Was hat sie noch gesagt?«

»Dass Männer entweder zu gut oder zu schlecht sind für die Welt, und so oder so müssen immer die Frauen alles aufwischen.«

In dem Moment, als Johann ein Schmunzeln zeigt, macht Frieda einen Schritt nach vorn, und nun müsste er schon rückwärts gehen oder sie berühren, um vorbeizukommen.

Ob er nicht bleiben könne, fragt sie, in Freundschaft, als einer der Brüder, die sie verloren habe?

Johann erwidert nichts.

»Bin gestern siebzehn geworden«, sagt sie scharf, der letzte Dorn am Rosenstiel, »willst du mir denn da nicht gratulieren?«

»Alles Gute, Deern. Ich muss nun aber los.«

Frieda tritt beiseite, Johann geht an ihr vorbei.

»Ist das gerecht, wenn ich allein bleib, Feldwebel?«

Er dreht sich um. »Gerecht ist gar nichts. Ich komm euch besuchen.«

»Aber – Johann.«

»Was denn noch, Fräulein Clausen?«

»Das, was du gemacht hast«, sagt sie.

»Ja?«

»Ich weiß nicht, ob das besonders mutig war oder besonders das Gegenteil. Gut oder schlecht. Ich weiß nicht.«

Johann seufzt.

»Was soll ich dir denn darauf antworten? Was soll ich denn sagen.«

»Vielleicht war es irgendwas dazwischen?«, sagt sie. »So wie Menschen eben sind?«

»Du hast komische Sachen im Kopf, Deern.«

Sie nickt, als sei das nun lange schon nicht mehr der Rede wert, dann ist sie mit zwei großen Schritten bei Johann und fällt ihm um den Hals, auf Zehenspitzen, die Wange an seiner, sekundenlang und wie erstarrt.

Als er merkt, dass sie ihren Kopf drehen will, drückt Johann sie mit einer Hand so fest an sich, dass sie ihn mit den Lippen nicht berühren kann, und holt mit der anderen das Tuch mit dem Bernstein hervor – Glücksbringer, den er jahrelang mit sich herumgetragen hat –, um es herzklopfend rasch in Friedas Jacke verschwinden zu lassen.

»Af no Huus«, murmelt er, »af no Huus, Johann.«

Macht sich los. Marschiert davon und weiß nicht, wessen Tränen ihm da in den Kragen rinnen.

ACHT

DAS UNTERHEMD VON ONKEL WILHELM hängt schlaff mit einem Knoten an dem Ast, den Johann am Feldweg hinter Engelschoff aus der Böschung gezogen hat.

Sobald der Meinert-Hof nicht mehr in Sicht war, hat er die Blicke derer gespürt, die ihm nicht einmal hinterhergeschaut haben: Alma, Wilhelm, Frieda, sogar den alten Clausen fühlte er im Nacken, Helene, Ulrich Tiedje, tot, und all die Mäuse zwischen Holz und Heu, die Gäule, die er am Wiehern unterscheiden könnte, den blöden Hahn von Bauer Ramm zwei Höfe weiter. Johann muss schneller gehen, um sie alle abzuschütteln.

Wenn nur das Knie durchhält.

Seit acht Wochen hat er keinen Soldaten gesehen, keine Uniformen, kein Flugbuch geführt, kein Ziel angepeilt. Keinen Dienst getan und keine Pflicht. Seit acht Wochen ist dies nicht mehr sein Krieg und doch könnte der unerlaubt abwesende Feldwebel Johann Meinert eines seiner späten Opfer werden. Wenn da weiterhin Feldpolizei patrouilliert auf der verbissenen Suche nach Deserteuren; wenn da noch Volkssturmleute eilig Panzersperren bauen vor Angst und ihre rostigen Mistgabeln aufpflanzen gegen die vorrückenden Engländer; wenn da nur einer ihm das Überleben nicht gönnt auf seinem langen Heimweg, dann ist er eine Leiche zwischen Hafer und Kohl.

Ginge er bei Nacht, würde wohl umstandslos feuern, wer immer ihn entdeckt. Johann hat sich gegen den Schutz der Dunkelheit entschieden, will sehen und gesehen werden, wenn ihm da einer in den Weg tritt.

Wehren will und kann er sich nicht mehr, denn er hat die Pistole schließlich doch weggeschmissen.

Er fand sie ganz oben in seinem Rucksack, auf dem Unterhemd, das er gerade zum Zeichen seiner friedlichen Absichten umfunktionieren wollte.

Frieda Clausen, wie hast du das wieder angestellt?

Die letzte Umarmung. Sie hat das Ding die ganze Zeit gehabt, hat vorhin Johann umschlungen, dabei unbemerkt den Knoten gedehnt und ihm zum Abschied schließlich Tiedjes geladene Waffe ins Gepäck geschmuggelt, damit sich der Fahnenflüchtige auf seiner letzten Etappe verteidigen könnte. Frieda.

Doch er will nicht auf Landsleute schießen, und schon gar nicht auf englische oder amerikanische Truppen. Dann lieber in Gefangenschaft, wenn er es denn nicht unentdeckt nach Hause schafft. Ein wenig Vorsprung aber müsste er haben, wenn sie eben erst Hamburg eingenommen haben, und die Jeeps und Panzer werden landeinwärts über die Reichsstraße rollen, nicht die Weiden und Feldwege absuchen, um Dorf für Dorf und Hof für Hof zu entwaffnen.

Johanns Schritte finden unbeirrt einen Weg im Hinterland.

Er wechselt den Ast zur rechten Schulter, entlastet den müden linken Arm. Die weiße Fahne darf er nicht hängen lassen, falls das Okular irgendeines Feldstechers ihn erfasst. Die feindlichen Soldaten, so denkt er, werden ihn schon ziehen lassen, nachdem sie sich überzeugt haben, dass er kein Kämpfer mehr ist, kein versprengter Infanterist. Es ist doch die Mühe und die Kugel nicht wert, hier einen Besiegten noch niederzustrecken, denkt er sich.

»I surrender«, spricht Johann vor sich hin und wedelt mit der freien Hand dicke Fliegen weg.

Er zögerte, was der richtige Ort und Zeitpunkt wäre, um Friedas Abschiedsgeschenk unauffindbar loszuwerden. Als bei Kirchfelde seine Blase drückte, ließ Johann die Waffe in einen Graben fallen, beeilte sich, seine Hose runterzuziehen, und schickte das Schießeisen mit einem satten Strahl in die Marsch.

Ihn streift der Gedanke, dass Richard das gefallen hätte. Im

Tiefflug unbewaffnet will er nun nach Hause, so sicher es nur geht hinter den immer noch feindlichen Linien.

Richard und Carl und der Hauptmann. Seit beinahe zwei Monaten sind sie für ihn so tot wie gerettet. Vorstellen kann man sich alles, wenn man zu viel Zeit zum Grübeln hat. Ob da große Scheunen stehen bei Seedorf, Quickborn, Rotenburg? Ob es noch mehr als eine Frieda Clausen gibt, die so viele Sachen sagt und doch die Klappe hält, wenn es drauf ankommt? Ob seine Kameraden einer herzensguten Tante die Kartoffeln weggefuttert haben, ob sie wohl vor keine Flinte gelaufen sind? Krause, Quicki, Erik – mag sein, sie sind noch so lebendig, dass sie mal an den Funker Meinert gedacht haben, doch das weiß Gott allein.

»I surrender«, raunt er ihnen zu, wo immer sie jetzt auch sein mögen, »das müsst ihr sagen und die Hände hoch: I surrender.«

Westersode, Weißenmoor, keine Menschenseele jenseits der Äcker. Johann muss sich immer wieder, sobald die Kräfte etwas schwinden, ermahnen, nicht gebückt zu gehen, Ast und Stofffetzen nicht herabsinken zu lassen. Er wünscht, er wäre unsichtbar, für ein paar Stunden nur, doch wenn etwa ein Sherman-Panzer am Horizont auftauchen sollte, so will er auf ihn zugehen, die Friedensfahne hoch, die heute Morgen noch im Kleiderschrank gelegen hat.

»I surrender, Lieutenant. I want to see my wife and child. My newborn child. I surrender.«

EINE VIERTELSTUNDE NUR, länger will Johann nicht rasten. Liegen, dösen, etwas trinken, dann weiter.

Im Altkehdinger Forst ist es angenehm kühl. Den Rucksack unterm Kopf, die Hände flach auf dem Waldboden, blinzelt Johann von der Lichtung hinauf zu den Kronen, die bei jedem Windhauch ein paar Sonnenstrahlen hindurchlassen, geradewegs in sein Gesicht.

Auf einmal, zwischen Traum und Wachen, knackt der Forst, es raschelt, ganz nah. Er hört Schritte, unbesorgtes Stampfen, spannt den Nacken an, dreht den Kopf zur Seite, zu sehen ist niemand. Johann denkt an die Waffe im matschigen Graben, lauscht, tastet neben sich nach dem Ast, umfasst ihn mit der Rechten, und links kann er einen faustgroßen Stein unter Moos erkennen, drei Fingerlängen entfernt.

Zwischen den Bäumen, vielleicht zwanzig Meter waldeinwärts, blitzt etwas auf, dann pfeift einer, der glauben muss, er wäre allein im Wald, pfeift ein Liedchen, unterbrochen von einem Seufzer der Erleichterung. Johann richtet langsam den Oberkörper auf, als Nächstes hört er, wie das Pfeifen in zufriedenen Gesang übergeht: »*O seht ihn an, o seht ihn an, dort zeigt sich der Klabautermann.*«

Die Stimme kennt er noch. Bei Gott, die hat er zittern und fluchen gehört, und lachen und singen zuvor. Die Stimme hätte er um ein Haar auf alle Zeit zum Schweigen bringen müssen.

Zwei Atemzüge lang lauscht Johann, dann stimmt er kräftig ein, während der andere wieder ins Pfeifen wechselt: »*Und wenn der letzte Mast auch bricht, wir fürchten uns nicht!*«

Plötzlich Stille im Gebüsch. Johann steht auf, so dass man ihn aus der Deckung heraus sehen kann, und schmettert weiter: »*Das kann doch einen Seemann nicht erschüttern, keine Angst, keine Angst, Rosmarie!*«

Er hält inne, dann kommt es zaghaft hinter den Stämmen hervor:

»Johann? Bist du das, Johann Meinert?«

»Ganz recht«, feixt Johann. »Und warst du etwa gerade in diesem schönen Wald ganz groß austreten, Quicki?«

Die Arme voraus, taucht der Stabsgefreite Carl Schenk am Rand der Lichtung auf, er glotzt, er grinst, er salutiert.

»Ganz recht. Melde gehorsamst, in den Wald geschissen zu haben. In den wunderwunderschönen Wald. Johann!«

Nach zwei Sekunden taumeln sie aufeinander zu, stoßen sich vor die Brust, hauen sich beidhändig auf die Oberarme.

»Mensch, Meinert!«

»Carl Schenk, ich glaub's ja nicht. Lass dich mal anschauen! Ah, die Scheuche aus Quickborn ist noch hagerer geworden.«

Carl mustert ihn ebenfalls. »Aber du, gut im Futter, Feldwebel, Donnerwetter.«

»Ich hatte Glück«, Johann nickt heftig, »unverschämtes Glück, bei Tante und Onkel. Was ist mit dir? Was tust du hier, das ist nicht deine Richtung!«

»Ach, die Richtungen, weißt du.«

Carl winkt schwach ab und erzählt, wie er in Jork hängengeblieben ist, das gerade erst bombardiert worden war, und wie er sich eine zivile Hose von einer Wäscheleine geliehen und keiner gefragt hat, wo er herkommt, weil er gleich mit angepackt hat tagsüber beim Schuttwegschaffen, und nachts hat er sich im Glockenturm von Sankt Matthias verkrochen, unbeschädigt.

Der Pastor, das sei ein rechtschaffener Mann, der habe Carl immer so angeschaut, als wisse er genau Bescheid, und Tag für Tag habe er aus dem Römerbrief zitiert, immer den gleichen Satz: Dass Gott jedem das geben wird, was er für sein Tun verdient hat.

»Genickt hab ich immer, Jawoll, Herr Pastor, hab ich gesagt, und dann abwechselnd: Das hoff ich doch! und am nächsten Tag: Das fürcht ich auch! – Nicht übel, was?«

Carl schlägt sich wiehernd auf die Schenkel, er muss lange drauf gewartet haben, dass er das jemandem erzählen kann.

Schließlich habe er sich doch nicht zu seinem Elternhaus getraut, sondern sei nun auf dem Weg zu einer Cousine in Beverstedt, der nächsten Verwandten.

Sie haben sich an den Rand der Lichtung gehockt, durch zwei Baumstämme hindurch behalten sie den Weg Richtung R 73 im Auge.

»Bin ich froh«, sagt Johann, »bin ich froh, dass du nicht ...«

»Bin ich auch, Meinert, bin ich auch. Feiner Zug, dass du mich nicht erschossen hast.«

Sie schauen knapp aneinander vorbei, während sie ihre Feldflaschen ansetzen, dann starrt jeder zu Boden.

»Johann, weißt du, was ich geträumt hab letzte Nacht«, sagt Carl. »Wir waren in Berlin, wir zwei, beim Luftfahrtministerium in der Wilhelmstraße, und davor stand eine nagelneue JU 88, und die sollten wir fliegen, und zwar, pass auf: nach New York, hat einer gesagt, und unterwegs beim Ami ordentlich schräge Musik machen. Und ich hör mir das alles an und denk, Donnerwetter, das ist mal ein Kommando, und frage, hört mal, Leute, Amerika gut und schön, aber braucht so eine Operation nicht erst mal einen Eins-a-Tarnnamen?«

Johann schaut ihn von der Seite an. »Und?«

»Ja, und da sagst du in meinem Traum so ganz geradewegs, als wärst du der Marschall höchstselbst: Tarnname ist Marika Rökk. Zack, nach New York. Wegtreten. Ha! Unglaublich, was?«

»So, so. Na, da hast du dir ordentlich was zusammengeträumt.«

Carl sinnt seiner Traumgeschichte nach, schmunzelnd, doch plötzlich verfinstert sich seine Miene.

»Hast du das vom Steinhuder Meer gehört?«

Johann schüttelt den Kopf.

»Vor vier Wochen war das. 'ne ganze Stange Piloten soll sich freiwillig gemeldet haben, um die Amis abzufangen, mit Me 109 sind sie rauf, aus der Altmark.«

»Rammen von oben?«

»Rammen und aussteigen.«

Die Frage steht in Johanns stummem Blick: Wie viele haben's geschafft?

»Mindestens einer muss wohl heil runtergekommen sein.«

Carl verzieht das Gesicht und sieht nicht mehr wie der grüne Junge von vor ein paar Wochen aus.

»Und der hat's einem erzählt, der es einem erzählt hat, von dem ich es gehört habe.«

Seufzend sagt Johann, er wüsste zu gern, was aus Bühler und Krause geworden ist. Ob sie's geschafft haben.

»Ja«, sagt Carl. »Ob sie's wohl verdammt noch mal geschafft haben, die Drecksäcke, die herzensguten.«

»Wir sind alle, wie wir sind, Quicki. Das ist so.«

»Das ist so«, murmelt Carl. »Du hast mich nicht erschossen, Johann.«

»Du musst langsam mal los«, erinnert Johann ihn nach einer Weile, »wenn du heute noch bis Beverstedt willst.«

Carl klatscht in die Hände, springt auf, reicht Johann die Hand, zieht ihn hoch.

»Ach so, warte«, sagt er, während Johann seinen Rucksack schultert, und greift in seine Hosentasche. »Du hast was verloren, Feldwebel.«

»Verloren?«

»Als du mich abgeladen hast an der Reichsstraße. Wie ich mich aufrappeln will und losgehen, stütze ich mich mit der Hand ab, und da liegt was Kleines, Hartes, so ein Kalender.«

Ungläubig nimmt Johann sein Tagebuch entgegen.

»Carl. Mensch. Danke.«

»Keine Ursache.«

Und dann haut ihm der Stabsgefreite ansatzlos mächtig auf die Schulter.

»Bleib am Leben, Seemann!«

Mehr als ein Nicken zum Abschied bringt Johann nicht zustande, und dann schaut er Carl hinterher, der den Wald in südlicher Richtung durchquert, pfeifen tut er nicht mehr.

AUS EINER ANDEREN ZEIT. Aus einer anderen Zeit im selben Leben stammt Johanns letzter Eintrag:

6.3.45, Fliegerhorst Stade

Es ist beschlossen: Wir wagen es, feige zu sein. Der Hauptmann geht, wir folgen. Heute Abend ist es so weit.

Seit fünf Jahren hat man uns gesagt, wofür wir zu sterben bereit sein müssen. Ich glaube, ich habe nun verstanden, wofür ich leben will.

Lieber Gott und Emmy, steht mir bei, solang ihr könnt, steht mir nur bei, dass ich an einem viel späteren Tag und im Frieden von der Welt gehen mag. Nur bitte nicht schon heute.

Wie gern würde ich morgen auf der nächsten Seite eintragen:

Am Boden. Am Leben.

Es ist beschlossen: Zack, nach Hause!

Mensch, Carl, dass du mir das Buch zurückgebracht hast. Der winzige, selige, leichtsinnige und verloren geglaubte Tagebuchkalender.

Abmarschbereit atmet Johann durch, den Forst in seinem Rücken, und ist doch noch einmal stehen geblieben, um den kleinen Kalender aufzuschlagen. Diese Buchstaben, acht Wochen alt, scheinen von seiner Hand geschrieben und sind zugleich fremd, unerreichbar, als könne er solche Bleistiftlinien auf dem Papier direkt vor seinen Augen gar nicht berühren, selbst wenn er den Finger danach ausstreckte. Das Tagebuch ist wie eine rätselhafte, einst verschollene Karte, doch nun ist die Schatzsuche eingestellt, der Goldschatz längst gefunden, wertlos, oder nie versteckt.

Mit einem langen Zweig im Schnabel steuert ein Graureiher aus Richtung Bülkau den Wipfel einer Fichte an. Er hat ein Nest zu bauen, und wenn es fertig ist, wird er irgendwann das Gelege gegen gierige Krähen verteidigen müssen.

Die wollen auch nur leben, denkt Johann, während er sich endlich wieder in Bewegung setzt, die wollen auch nicht tot von einem Himmel fallen, den der liebe Gott so weit gespannt hat über das, was kreucht. Krähen sind schön in der Welt der Krähen. Und kämpfen für kleine Krähen.

Für einen Moment erscheint ihm das so sinnfällig, dass er es aufschreiben möchte –

4. Mai, Wingst: Es soll, wer leben will, auch leben dürfen auf der Erde –

doch so scheint sie nicht eingerichtet, dem Menschen untertan. Soll man da froh sein, wenn man die Krähe ist, durch Fügung, oder sich stark machen für die jungen Graureiher in ihrem Nest?

Man müsste ihnen einmal zurufen, dass die Welt nirgends gerecht ist. Damit sie es einmal gehört haben, ehe die Krähen kommen. Warnen müsste man die, die noch nicht geboren sind: Traut ihr euch wirklich hinaus? Denn einer wird kommen und zettelt Krieg an, einer macht euch früher oder später streitig, was ihr zu besitzen glaubt: das schiere Leben.

An Äckern und Gräben vorbei marschiert Feldwebel Meinert seinem Bild vom Frieden entgegen: die Familie, Emmy, ihr Kind, die Menschen der Heimat, das Fleckchen unschuldige Erde.

Nie mehr werden sie ohne diesen Krieg in den Knochen sein, alle.

Er war Soldat, und nun? Johann ist, als hätte er fünf Jahre seines Lebens die dicke morgendliche Eisschicht von einer Fensterscheibe zu kratzen versucht, bis er endlich durch ein winziges Loch einen Blick ins Innere erhaschen kann: Das Haus ist leer, war nie bewohnt, nur kalter Staub, die Ratten husten.

4. Mai, im Hinterland zwischen Heidenangst und Dankbarkeit: Nicht mehr stehen bleiben, ist die Parole.

VIER STUNDEN MÖGEN DEM TAG NOCH BLEIBEN, als Johann die Abzweigung Schmeelweg erreicht.

Niemand ist ihm begegnet auf den abgelegenen Trampelpfaden, nur von Muhen und Blöken gegrüßt.

Ein paar hundert Meter noch bis zu Blohms.

Emmy, wenn du wüsstest. Emmy.

Sein Blick misst die vertrauten Silhouetten ab, die Höfe, Ställe, Zaunpfähle, dämmerig und dicht die Bäume beim Friedhof. Neben Hottendorfs Kuhweide lässt er schließlich entkräftet und mit brennenden Sohlen seine weiße Flagge ins Gras fallen, setzt das Gepäck auf die Erde und spürt jeden Knochen seiner Wirbelsäule, als er sich bückt, um den Rucksack aufzuschnüren. Holt das Oberhemd heraus, das noch beinah wie am Morgen riecht, zieht sein verschwitztes aus, genießt für einen Moment die kühle Luft auf der Haut.

Er starrt auf seine Hände, auf Ehering und Splitternarbe, die letzten Wassertropfen aus seiner Flasche gießt er darüber und reibt sie an dem Unterhemd sauber, das seine Schuldigkeit als Schutzzeichen getan hat.

Mit so zittrigen Gliedern kann Johann seine Frau nicht in die Arme nehmen, ein paar Minuten muss er noch durchschnaufen. Er greift ins vordere Fach mit dem Bündel aus Emmys Briefen, ganz oben der 78. vom letzten Sommer, und mit einem jähen Ziehen gibt sein lädiertes Knie nun doch nach, er schwankt und stöhnt, ihm ist flau, es sticht, verdammt, so kurz vorm Ziel, *In der Nacht ist der Mensch nicht gern alleine*, er muss sich setzen, fällt halb um, reißt das Knie hoch, I surrender.

Keuchend schließt er die Augen, öffnet sie erst wieder, als sich nichts mehr dreht. Atemzug für Atemzug flaut der Schmerz ab.

So kurz vorm Ziel. Weil zu später Stunde weit und breit niemand zu sehen ist, spricht er die Worte vor sich hin, die so unwahrscheinlich klingen:

»Zu Hause. Nicht vom Himmel geschossen und an keinen Baum gehängt. Zu Hause.«

Das Papier flattert zwischen seinen Fingern. Von allen hundertundvier Briefen hat dieser Johann Meinert bis hier gebracht. Der Herr ist gütig. Auf den Boden gestützt, Halme an den nackten Rippen, hält er die Zeilen ins Licht.

Engelschoff, den 15. Juni 1944
Mein lieber Mann! (Ja, es gefällt mir immer noch, das so zu schreiben, Hans!)

Heute sind wir zwei Monate verheiratet, und ich bin so glücklich, wie ich einsam bin.

Wie ist es dir inzwischen in Walldorf ergangen? Ich denke seitdem jeden Tag gern an meinen Besuch dort zurück, an den See (es war so furchtbar kalt und wunderbar!), an das robuste Bett unterm Fenster …

Und hast Du denn nun schon etwas gehört, ob Deine Staffel wirklich nach Norden verlegt wird??

Jetzt aber das Wichtigste aus der Heimat: Wenn du diesen Brief liest, kannst du schon einmal anfangen, Dir, mir und uns recht fest die Daumen zu halten, denn so wie es aussieht, wirst Du im nächsten Jahr Vater werden! Das ist ein wunderbares und ganz seltsames Gefühl, wenn man sich zugleich freut und Angst hat. Da würde man am liebsten fest die Augen schließen, und wenn ich sie wieder aufmache, bist Du einfach da. Durchblutet und am Stück, wie Schmitti immer sagt. Aber noch ist es wohl nicht so weit. Jetzt weißt Du immerhin, dass eine große und sehr schöne Freude auf Dich wartet, wenn Du das nächste Mal auf Fronturlaub bist. Oder erst mal wartet sozusagen eine kugelrunde Emmy!

Deine Eltern haben mich mitgenommen zu Onkel Wilhelms 50., und das ist hier heute in Anbetracht der Umstände eine lustige Runde, mit Festtagsbraten, frisch geschlachtet. Tante

Alma hat Wasser in den Beinen und Arthrose, aber anmerken lässt sich sie gar nichts. Ich mag sie sehr.

Sogar der Pastor Finkler war vorhin da und wollte, dass wir beten für den Schwiegersohn von Alma und Wilhelm in Warschau. Und für den Bruno Clausen vom Nachbarhof und alle Soldaten aus dem Dorf. Da hat Onkel Wilhelm gemeint, beim Beten wird das Essen kalt, und dass außerdem die junge Gemahlin von seinem Neffen (also ich) auch auf einen Helden wartet. Und überhaupt wäre ihm Anstoßen lieber als Beten.

Also hat er dem Pastor das Glas in die Hand gedrückt und gesagt: Auf mich! Heil Hitler, wenn Sie drauf bestehen. Amen! Pastor Finkler ist dann auch bald gegangen, und Alma war ganz rot im Gesicht.

Ich habe meine Briefbögen dabei, und nach dem Essen habe ich mir ein Plätzchen gesucht, wo ich in Ruhe sitzen und an Dich schreiben kann. Wilhelm und Alma haben ja wirklich eine riesige Scheune, fast größer als bei Apfel-Meyer, da bin ich rein. Ein bisschen müde von dem guten Essen, habe ich mich zwischen die riesigen Heuballen gelegt und wäre eben fast eingeschlafen.

Mein lieber Mann, so ein Heuboden, hier oben können unsere Kinder später mal Verstecken spielen, was? Da kann man ja so weit in den Dachwinkel hinter den Ballen kriechen, dass einen überhaupt niemand findet, wenn man nicht gefunden werden will, Hans.

Die Nachbarn und Gertrud und Anni und überhaupt alle schwärmen noch von unserer Hochzeit, wer hätte nicht gern bald wieder eine so unbeschwerte Feier. Und grüßen soll ich Dich in jedem Brief und dass Du gefälligst ohne Kratzer heimkommst, sagt Mama. Wie immer, aber jetzt erst recht! Sie denkt wohl, dass ich mich mit dem kleinen Meinert im Bauch noch einsamer fühle.

Einsam kann ich gar nicht sein, Hans, das sage ich mir jeden Tag: Ich kann nicht einsam sein. Du bist immer hier.

In Süderwisch denken alle ganz fest an Dich und hoffen auf den Frieden.

Besonders guter Hoffnung,

Deine lütte Emmy

Den Brief faltet Johann viermal und schiebt ihn wieder unter die Schnur.

Ein Leben hatte er zu verlieren, als dieser Krieg begann – und nun sind es drei.

Gleich wird die Sonne untergehen überm Warningsacker, dort hinten bei der blitzgespaltenen Eiche. Der Tag fällt auf die Erde, ganz still, wie Tränen fallen.

Johann zieht das frische Hemd an.

Jetzt müsste er aufstehen.

NACHWORT

We'll give no more brave young lives
Bring 'em home, bring 'em home
For the gleam in someone's eyes
Bring 'em home, bring 'em home
Bruce Springsteen

Nach der Logik der Abstammung bin ich der dankbare Enkel eines Deserteurs.

Im Frühjahr 1945 hat sich Werner Heinrich Jarck unerlaubt von der Truppe entfernt, um in einem Versteck das Kriegsende abzuwarten. Also kann ich, wie viele meiner Generation, von Glück sagen, den Vater meines Vaters überhaupt kennengelernt zu haben. Denn mit einer beträchtlichen und beängstigenden militärischen Wahrscheinlichkeit wäre er – über dem Atlantik, an der englischen Küste, in der Nordseebucht – in den letzten Monaten, Wochen oder Tagen des Krieges abgeschossen worden. Oder von der Geheimen Feldpolizei aufgegriffen. Erschossen oder aufgehängt.

Mein Großvater hatte beschlossen, sein Leben nicht mehr für das Reich, die Luftwaffe oder den Endsieg, sondern für Frau und Kind zu riskieren: um seine Frau, seine Eltern, die beiden noch lebenden Brüder wiederzusehen und seinen Sohn, ein paar Wochen alt, zum ersten Mal überhaupt. Das ist zumindest das, was mein Vater später aus knappen Äußerungen seines Vaters entnommen hat.

Falls Werner Jarck über die Zeit im Versteck bei Onkel und Tante, über die letzten Monate, Wochen, Tage des Weltkriegs oder wie er dessen Ende erlebt hat, etwas geschrieben haben sollte, so gibt es diese Aufzeichnungen nicht mehr. Vielleicht taugten die täglichen Notizen nicht mehr als Trost oder Ablenkung; vielleicht mangelte es an Tagebüchern; vielleicht war der am Silvesterabend 1944 mehrfach formulierte Wunsch nach einer nahen ›Entscheidung‹ auch einfach das Letzte, was er in diesem Krieg aufschreiben wollte, und alles andere steht nirgendwo oder in den Briefen an seine Frau, von denen ebenfalls kein einziger erhalten ist.

Werner Jarck starb am zweiten Weihnachtstag des Jahres 2000, achtzig Jahre alt, und zeitlebens hatte ich von ihm aus den Kriegsjahren nicht viel mehr gehört als die arglose Lieblingsanekdote über sein erstes Schachspiel: Nach wenigen Zügen hatte er gegen einen Kameraden gewonnen, der ihm gerade erst die Grundregeln erklärt hatte (»Nu' bin ich schachmatt, hat er gesagt …«).

Als meine Großmutter ihren Mann um einige Jahre überlebt hatte, musste sie schließlich ins Pflegeheim, nicht mehr imstande, ihre Erinnerungen zu sortieren; beim Auf- und Ausräumen ihres Hauses fand sich der Taschenkalender für das Jahr 1944, umfunktioniert zum Tagebuch, das zum Ausgangspunkt für diesen Roman wurde, wenngleich ich manches geändert und vieles hinzuerfunden habe, was nicht passiert ist – oder was zu unserem Erstaunen genau so geschah, wie wir es nicht erwartet hätten.

Wir waren nicht dabei. Diese Geschichte will nicht historisch wahr sein, sondern menschlich.

Was den Kriegsverlauf und die beschriebenen Einsätze betrifft, europaweit wie in Norddeutschland, so entspricht nicht alles den zeitlichen und geografischen Fakten. Informationen zum

Stader Fliegerhorst finden militärgeschichtlich Interessierte in D. Alsdorfs Buch über die ›Nachtjäger vor den Toren Hamburgs‹.

Erstmals gelesen habe ich die Aufzeichnungen von Feldwebel Werner Jarck (Kragenweite: 39, Mütze: 58, Stiefelnummer: 28, Handschuhe: 8¼, Gasmaskengröße: 2) an einem Winterabend 2022. Ich blätterte in alten Familiendokumenten und Fotoalben, die meine Eltern aufbewahren. Es war der 23. Februar, und am nächsten Morgen meldeten die Ticker der Welt, dass ein neuer Wahnsinn ausgebrochen war: Putins Truppen haben die Ukraine angegriffen, es herrscht Krieg.

Regelmäßig komme ich heute in meiner Heimatstadt an dem Bahnhof vorbei, von dem der junge Rekrut damals ins Ungewisse aufbrach. Die Gleise verlaufen direkt hinter dem Friedhof, auf dem Werner Jarck begraben liegt neben der Frau, der er nach der Hochzeit im April 1944 sein Kriegstagebuch widmete.

Mich hat eine Geschichte gefunden. Achtzig Jahre alt. Und ich möchte sie allen widmen, die durch Kriege getrennt waren oder sind.

Ich danke Horst Jarck für wertvolle Hinweise und Katharina Dittes für die vertrauensvolle Zusammenarbeit. Danke auch an Anja Johannsen, Florian Arp, Christoph Maria Herbst und Heike Schmidtke.

Besonderer Dank für ihre Geduld und Unterstützung gebührt meinen Lieblingsleserinnen aus dem Team *Always Believe*, Meike Herrmann und Sonja Schönemann. Ohne euch wäre dieses Buch ein abgebrochenes Manuskript geblieben.

VJ, Otterndorf, 23. Februar 2024